華麗島の辺縁

陳黎詩集

上田哲二 編訳

華麗島の辺縁

陳黎詩集

上田哲二編訳

This book is published in collaboration with the Council for Cultural Affairs, TAIWAN R.O.C..

目次

廟の前（一九七四―一九七五）

アニマルララバイ（一九七六―一九八〇）

暴雨（一九八〇―一九八九）

家庭の旅（一九八九―一九九三）

軽/慢（二〇〇六—二〇〇九）

散文抄

装幀　思潮社装幀室

華麗島の辺縁

陳黎詩集

廟の前（一九七四—一九七五）

海のイマージュ

見えない大きなベッドにからみつき
浮気な女は一日中
流れ者の男と
ライトブルーに白いストライプの大きなシーツを
あちらに
　　ゆらり
こちらに
　　ゆらり

一九七四年

情婦

俺の情婦はスラックキーギター

ケースに入れられたなめらかなボディ
月の光もとどかない

時には、彼女を取り出し
抱きしめてそっと
冷たい首すじを撫でてみる
左手でおさえながら、右手で音を出す
いろんなチューニングをためす
すると彼女はピンと張りつめた本物の
六弦楽器になり、一触即発の
緊張した容姿

ただ演奏をはじめると
突然
弦が切れる

一九七四年

端午

大家がくれた白くまとわりつく手の中のチマキ
驚いたことに
もう食べられないのは母さんの胸の
肉の
チマキ

一九七四年

『プレイボーイ』のために私はいかにして写真を撮ったか

1

鏡のように明るい月だった。驚くべき照魔鏡は眠りのなかにいる暗黒をすべてきらきらと照らしていた。私の目の中のガラス玉はふたつの望遠レンズのようにぐるぐると回転し、あらゆる密やかな部分に射し込んでいった。どんどんのびていく。月はマグネシウムのフラッシュ。私の頭はぐるぐると絶え間なく回るフィルム。私はプレイボーイのために高く高く、朝のものぐさ、けだるい午後、夜の汚濁を写真に撮る。

2

サイゴンのバラからまだつぼみの閉じたヒナギクまで、私達のプレイボーイ達がどのように深夜に催涙ガス銃で罪深き花びらに栄養ゆたかな尿を発射したか。私は目撃した。手作りの洋酒をのんだ後、彼らが躊躇なくその勇気と正義、積極性と寛容さをいかに示したか。あゝ彼らがその責任を負っていた貧困撲滅計画をどのように支えたことだろう。お金ならいっぱいあると笑いながら。

若い欲求が小さなホテルの前でふんばっている、まるで吸い寄せられた砂鉄が磁性のついた臀部に到着したことを報告しているみたいにだ。ここにどれだけのカーテンがあったことだろう。しかもうすい壁板一枚で区切られただけのものだ。写真が証拠。すべての窓の明かりがどのように消されていたことだろう。しかも唯一壁から漏れる光は大学入試のためではなかった。

3

この一巻の主題は汚れと乱れをとりのぞくことだ。男達の唾液は汚水とともに溝の奥にながれこんでいった。そこは観光地で小さな町の名所旧跡だ。

おや、望遠レンズの拡大された視野のなかでぼんやりと沈んだ町はまだ眠っていない。低い木造の家がどれだけキーキーと音を発していたことだろう。脂粉に笑窪をみせていた女が硬い中国語で客の母親を罵り、ベルトをしめてから、すぐに台湾語に言い換えた。

俺のモデルはあらゆるところで横たわりポーズをきめる。カチャリ、カチャリ、俺は写真を撮りまくる。公務や私事、商売や学校経営の後に彼らがどれだけ歴史的なシーンを残してきたことだろう。人生は夢のよう、夢は芝居のごとく、朦朧とした夜はぴったりの舞台だったとどれだけ彼らが話していたことだろう。

俺は最良の夫をみかけた。彼らは他人の妻が夫を助けて子供を躾けるのを助けている。テレビの最近のニュースでは、ある種の慈善運動がにわかに展開されているそうだ。チューインガム売り、愛国宝くじ売り、肉ちまき売り、四神湯売りなど。頭上の月が路上の売り声を照らすのがみえる。しかもプレイボーイの連中の酒の香りや笑い声が俺の頭のなかでどれだけ開花して実をつけたことだろう。

4

月が上る、上る。俺の視線も高く伸びる。高層ビルを過ぎて、幾重もの山脈を越えて、レンズの視界はさらに深く遠く伸びる。暗部から更に暗部に入り込む。あゝ、青くくすんだ樹林の枝や葉、花や草の一本一本が見え始める。艶やかな光沢。あゝ俺のカラーフィルムの入ったカメラがあの澄んで清らかな風景のなかではいかに機能しなかったことか。俺のぐるぐる回る目がいかに静止したか。眠らない月のように醒めていた。白い月、白い月、黒色の大地！　俺はどれだけプレイボーイのために写真を撮りまくったことか。しかし、現像して出てきたのは、一枚のモノクロの風景だけだった。風が吹いていた。水晶のような露が一、二滴おちた……

一九七五年

アニマルララバイ（一九七六—一九八〇）

魔術師の妻の恋人

この朝食の風景をどのように説明したらいいだろう。
オレンジジュースは果樹の上から落ちて小川に沿ってコップの中に流れこんでいる
サンドイッチは美しい二羽の雄鶏からだ
月の匂いが幾重にもあったが、太陽はいつも卵の殻のもう一方の端からのぼる
テーブルと椅子は付近の森からちょうど切り出してきた
木の葉の叫び声すらも聞こえる
絨毯の下にはひょっとしたらクルミも隠れていることだろう
寝床だけはしっかりとしたものだ
ただ彼女はバッハのフーガをひどく愛している。世間が疑い深いので、移り気になった
魔術師の妻。君はただ夜通しで彼女と逃げるしかない
(ぼくはたぶん死ぬ程疲れる思いで後ろから追いかけている)
目が覚めると、たぶん彼女はオルガンを弾きコーヒーを飲み美容体操をしているだろう
おや、帽子の中で煮立っているのはコーヒーだって知ってるかい
次に饒舌に詩句をもてあそぶオウムはひょっとしたらぼくかもしれない

一九七六年

雪の上の足跡

冷え込むので眠らないとだめだ
深い深い
眠り　やわらかな
白鳥の気持ちがほしい
そっと雪に残された
ぞんざいな文字
しかも白いインク
心が冷え込み
ぞんざいに書きこまれた
白い雪

一九七六年

囚人入門

あの話はよくわからなかった。俺達の両親が殺人を犯したことや、いろいろな遺伝理論のことだ。通り過ぎた時、ドアは開いていて、床には切られたリボンが赤く散らばっていた。開幕式を主催したのが誰かは知らねえな。通った道はどんどん狭くなっていき、しかも暗くなっていた。正直なところ、あまりに暗かったので、俺達の両眼はまるで白昼に点っている二本の電灯のように何の役にも立たない。ただ手探りで行くだけだったが、水の滴るような音が聞こえた。喉が渇いていた。遮ったのはやはりドアだ。鍵は俺達が持っている——と仲間の一人が言った。ドアが開きあいつが言ったんだ——

「俺達は人をやっちまった！」

旦那よ、俺達は本当に無実だ。暗い暗いまったくの暗黒の中にいる俺達。一度鋏のような音が聞こえた以外に何も知らねえ。

一九七六年

アニマルララバイ

時間をヒョウの斑点のように固定させよう
疲れた水鳥が水上をすべり流す涙は
そっと落ちていく矢のよう
花園音楽のない花園灰色の巨象が
重い足取りで君の側に来て蜂の巣
蜂のいない蜂の巣を見張るように頼んでいる

星がゆっくりと天にのぼり入り口のキリンより
高くのぼったときぼくは夜のために衣を失った草のために露を払おう
乳を呑ませている母親から子供を離そう背を弓なりに
屈めた猫が緊張を解くように愛の色や夢の高度について
抽象的にこだわることが二度とないように
ここは花園音楽のない花園だからだ

不器用なロバがすすむとき彼のあくびを真似してはいけない

時間を止めよう静かに死んだふりをしている熊のように
そのまつげに触れる白い花のように蝶達のように
牛の囲い場のために軒がないツバメのために表札を拭くだろう
灰色の巨象が重々しい足取りで君の横を過ぎてこわれた柱
悲しみのない壊れた柱を直すように頼むときに

ここは花園音楽のない花園旋回する鷹よ
捜索をやめよ猟犬よ天使の額のように駆けるのはやめよう
その広さは五十の城と七百の馬車が入るほど広い
母親から遠く離れていた子供達を母親の元に戻そう長い間
うずもれていた神話や宗教が再び発見され信仰されるように
私は果樹のために実が落ちつくした果樹のために賛美と祈りを捧げよう

時間をヒョウの斑点のように固定させよう
いくつかの白い花がその睫毛をたたくように何羽かの蝶のように
熟睡しているライオンはむやみに邪魔をして怒らせてはならない
ここは花園音楽のない花園灰色の
巨象が重い足取りで君のそばに来て

泥で足跡を早く隠すように頼む

一九七七年

驟雨

昨夜のコウモリのような残酷さ
眠りのなかで巨大な翼が無防備なアルミの
ドアと窓にとびこんできた
正午の口にひどく無慈悲に不吉な予感を残し
さけびながら——
周囲は溶けて凝固した時間だということに君は気づく
錯綜した通り
道に迷う恐怖は地面より早く濡れていく
私の世界がキャンディの箱より小さく
壊れ易いガラスよりも堅いことを願う

一九七八年

ピエロのビュッフェの恋歌

世界の悲しみの半分をその鼻が背負っているというだけで
ピエロのビュッフェは夜通し眠れない。 笑うと
街路灯のように精一杯光を放つ
これ以上変な機械はないだろう
胸元にはハンマーをぶらさげて警戒。 時間を警戒している
まるで足よりも手のほうが小児麻痺の指針のようであるかのように
正直者のビュッフェは飢餓を知らず、 衣食を切り詰め
バルコニーの多くの彼を愛する淑女達のためにすらりとした体つきを
保持している。 彼の帽子はペンキの剝げた風見鶏
昼夜ひっきりなしに夢から出るフケをおいかけている
その睫毛はペリカンの私生児
その溜息はカラスの従姉妹（いとこ）
しかし自慢げなのは　そのルージュで覆われた首
キリンのそれよりも優雅にその繊細さを保持している

世界の幸せの半分をその鼻が背負っているというだけで
ピエロのビュッフェは夜通し眠れない
彼が笑う。彼が笑う。レモンのようにすっぱく、黄色い眼の後ろで
わずかな愛の目薬のために
彼はむせび泣かなければいけない。悲しくむせび泣くふりをしなければならない
誠実な魔術はもうお眼にかかれない
湾曲したガラス棒を耳にあて
悪辣な呪詛を葡萄水にして口に流しこむ
だが、彼の徐々に高まる鼓動を許してほしい
臆病なビュッフェはせいぜいなりそこないの綱渡り人で、
傾いたエレキギターの前でぎこちなく踊っているのだ
そうだ　それは淑女と星が皆失恋した時
ピエロのビュッフェは月の光を読んで
壊れた時計仕掛けのオレンジを真似て、沈黙の歌をうたう

世界の優越の半分をその鼻が背負っているというだけで
ピエロのビュッフェは夜通し眠れない
逆転した化粧鏡のなかで　彼は泣き、笑う

淑女達の心を明るくするために
自分をかざりたて、磨きあげる
まるで破れた靴に対するようにその機知を磨く
知らぬ間に埃がその髪に入り込む
欲望の皺が一匹の大蜘蛛のように彼の童顔に忍び寄る……
なるほど、ピエロのビュッフェには仮面がない
ピエロのビュッフェにはオイディプスコンプレックスもない
彼は怒りをみせて、嫉妬し、あらゆる使い捨ての
広告ビラに埋もれた英雄のように愛の詩を書かなければならない
偉大なる朝には——
街のすべての盲腸と共に陽のあたる印刷場に入っていく

一九七八年

家

単純さを複雑な家にたとえる人々の

情婦は郵便局の隣に住んでいるのかもしれない
つまり、彼らは早朝きれいな風景のはがきをうけとり
ぼんやりした消印と挨拶の間に芝生とカモメの一群あるいは
一隻のボートをみつけることになるだろうという意味だ
なぜなら、船は窓であり、窓は家よりも大きいから

だが彼らがけっして受け入れがたいのは小包の比喩に同意する事
まず一本の木にのぼって果実を落とし、半分に切って、争議中の愛を
その核心に入れて、再度接着しないとだめだ
そのあと、なにもなかったかのように、そっと手術をした果実を戻す為に、登り――
降りること

しかしこれはあたりまえだ――
島の定義は四面が海水に包囲されている事だし
抽出しの定義は――鍵をなくせば開けられない事だから

一九七八年

連続する地震に怯える都市で

連続する地震に怯える都市で、千匹の心の曲がった
ジャッカルが自分の子供達に言うのを聞いた
「母さん、間違ってた」
判事がすすり泣き
牧師が懺悔しているのを聞いた
手錠が新聞紙から飛び出し黒板が肥だめに落ちたと聞いた
文人が鋤を置き、農民が眼鏡を外し
太った商人が次々とクリームと膏薬の衣装をつぎつぎと脱いでいると聞いた

連続する地震に怯える都市で
ポン引きが跪いて娘達にヴァギナを返しているのを見た

一九七八年

我々のもっとも貧しい県区で——一月二十八日の圓醮(グアンチウ)で見た事

台湾ドル二億元、
四千匹の大ブタ、
四十六基の牌楼(パイロウ)、
二十三基の祈禱壇、
三昼夜の菜食斎戒、
鶏、アヒル、魚をさばく包丁が捧げられた。
遠くからは五万の親類縁者、
十一人の当地の乞食。

一九八〇年

訳注——「圓醮」は道教の儀礼で、新しく廟が完成したときに「建醮」之儀礼があり、改めて修造があったときは「圓醮」が行われる。

暴雨（一九八〇―一九八九）

影武者

白い豆乳のような早朝　灰色の影にのって出勤する私達
濃厚な醤油のような黄昏　灰色の影に乗って帰宅する私達
しぼりつくした脳みそを落日に精一杯なげつける無頭の騎士（ライダー）
煌くスターライトの夢をひそかに暗い夜に隠している夢幻騎士（ドン・キホーテ）

流言をおいかけ、おちていく真理を我々は撲殺する
一挙手ですべてを動かす人形劇とともに万歳をさけぶ
移り気で風や影を追いかけるようだ
仕様がなく迂回して元の場所で足踏み

痛苦はないもの
煩悶はないもの
殺伐さもないし
さびしさもない

ケシの花。預金通帳。ライター。弁当
今日のコピーは昨日のごみ、微笑
青春の影なく恨みははらせず
私達は人も刀も老いるのを見るが心だけが老いていかない

煌くスターライトの夢をひそかに暗い夜に隠している夢幻騎士（ドン・キホーテ）
しぼりつくした脳みそを落日に精一杯なげつける無頭の騎士（ライダー）
濃厚な醤油のような黄昏　灰色の影に乗って帰宅する私達
白い豆乳のような早朝　灰色の影にのって出勤する私達

一九八四年

遠い山

遠い山がますます遠ざかる

かつて幼い頃のある朝

毎日のように生まれてきた新しい理想とともに
心の中の掲揚台に朝の歌のようにそれは聳えていた
かつては野球場のスタンド、胸のバッジだった
かつては夢の屏風、涙の貯金箱だった

遠い山は君と共に成長し、老いていくのを見ている

午後の風とアンテナの間
世間の暮色と汚濁の中で
家、車、縄、ナイフ　あらゆる種類の
規則的、あるいは不規則に積みあげられた物の向こう側で――
遠い山は　遠い山に向かって話しかけている

かつては話さずにいた沈黙の事を君に教えている。
君が恋をしている時、遠い山は
一晩の間にまた近くなった

一九八八年

タイヤル族の民歌に擬して　五首

Ⅰ 熱情

好きな人は遠くにいるほうがいい
大胆に自由に彼女と話せるから
(あゝ、耳に囁くなんて蝿や蜘蛛や
蟻じゃあるまいし)
あのヤブにらみの肩を怒らした叔父叔母達を怖がる必要も無く
その子の手をとって、その足を蹴って
通りのむこうの夜鷹に真似をされずに
その子を称える歌を歌えることだろう

好きな人は大雪の降る北方にいるほうがいい
そこなら　ひどい眠気と震えの中で
あの子ははっきりと南方の夜空を思い出すだろう
五月の汗　七月の熱気

2 家

石の上に家を建てたものがいる
鋼鉄の柱の上に家を建てたものがいる
私達は酒甕の上に家を建てる
地震がくると溢れ出る酒の香りとともに揺れ動き歌いだす

3 世界

世界は重く
世界は不安定
世界は上下に動くシーソー

周到に熟慮する人々は深く憂いを抱いて
世界の一角に坐っている——
（世界はひどく重い）

名声と利を争う人々はカブトとヨロイをつけて
世界の一角に向かって込み合っている——

（ああ、世界が傾いている）

世界はひどく重く
世界は不安定
私はまったく無関心な天秤

4 歴史

タッキリ渓。世界の母。

砂金採取船はスペインから来て
砂金を載せて行ったが、夢は載せていけなかった
砂金採取船はポルトガルから来て
河の水は載せてゆき、君は載せていかなかった

流血があった。
流失もした。
戦った。

抵抗した。

兵士を運ぶ船は大日本から来て
戦士を載せていったが、恨みは運んでいかなかった

兵士を運ぶ船は唐山から来て
家郷を載せていったが、君を載せていかなかった

5 渓谷の月光

渓谷の月光がゆっくりと流れて、
私の赤ん坊が遊んでいる川岸を流れていった、
カモシカ、鹿、童話のブタが、
一頭ずつ彼女の心の中に入っていく。

渓谷の月光がゆっくりと流れて、
私の赤ん坊の夢のなかの池に流れ込む、
チョウチョ、紙の船、銀色の蜂が、
彼女の微笑みとともに軽くふるえる。

渓谷の月光がゆっくりと流れて
私の赤ん坊が眠りこんだ――
彼女の夢の中の華麗な花が、
母の歌声とともに開く。

一九八八年

原注――タッキリ渓は今のタロコ渓谷を流れる立霧渓で、タロコタイヤル族の居住地。『花蓮県志稿』の巻首の大事記第一条に「明天啓二年（西暦一六二二年）西班牙人至哆囉滿（今得其黎溪）採取砂金。」（明朝の天啓二年にスペイン人が哆囉滿（今のタッキリ渓）に至り砂金を採取した）と記されている。

春の夜、冬の旅を聞く――フィッシャー＝ディースカウに

世界は老いてしまった
深刻な愛と虚無に埋もれて
あなたの歌声の中のライオンも老い

なつかしそうに子供時代の菩提樹によりかかり
眠らないでいる。

過ぎ去った歳月が薄い氷雪のように
浮世のかなしみと苦しみを少しずつ
覆っていく時には眠るのもいいかもしれない——
孤独な魂がなお荒野で緑を求めているならば
眠りの中で花があふれていてもいい。

春の花が冬の夜に開き
湖底で熱い涙が凍りつく
世界は我々に希望と失望を与え
残された一枚の薄い紙が我々のいのち
白い霜と浮世の塵、ため息と影がたくさん書き込まれている。

我々は脆弱な紙に夢をえがく
それが短く薄いので、軽くなるわけではない
我々は何度も消される夢のなかで木を植え

悲しみに出会うたびに
そこにもどる。

春の夜、冬の旅を聞く
あなたのかすれ声は夢の中の夢
冬と春が同時に伴う旅。

一九八八年

原注——年頭、衛星テレビで偉大なドイツのバリトン歌手フィッシャー＝ディースカウが『冬の旅』を歌うのを聞いた。少年時代からレコードで彼の歌を数えきれないほど聞き、シューベルトの歌曲『冬の旅』は何度聞いても飽きない。今回は静かな深夜によく知っている「菩提樹」や「春の夢」を六十三歳の歌手の歳月を経た声で聞き、ただ涙が流れるばかりであった。その悲壮で年を重ねた歌声に芸術への愛といのちが含まれていた。

二月

黄昏の鳥の群れの中に銃声が消えていった

失跡した父の靴
失跡した息子の靴

毎朝の一杯の粥に戻ってくる足音
毎晩の洗面水に戻ってくる足音

失跡した母の黒髪
失跡した娘の黒髪

異族の統治の下で異族に反抗し
祖国の懐の中で祖国に暴行される

ススキ。野アザミ。荒野。叫び

失跡した秋の日めくりカレンダー
失跡した春の日めくりカレンダー

一九八九年

独裁

彼らは文法を任意に変える司法者

単数であるのに複数の形式に慣れている
目的語なのに主語の位置になっている

若い時は未来形を望み
年をとると過去形にはまっている

翻訳の必要もなく
変化を拒否する

固定された句型
固定された句型
固定された句型

唯一の他動詞は「鎮圧する」だ

一九八九年

ネギ

母の言いつけでネギを買いにいった
南京街、上海街を過ぎ
（今になって
思うと妙な名前だ）中正路に来て
中華市場に着く
台湾語で八百屋のオバサンに
「ネギを買いたいんだ！」と言うと
彼女が泥の匂いがまだあるネギを渡してくれる
帰宅するとカゴに入ったキヌサヤの音が聞こえる
母には客家（ハッカ）語でネギを買って来たことを伝える

朝の味噌汁を母乳にしゃぶりつくときのように呑む
「ミソシル」はあたりまえのように母語だと思っていた
毎晩、パン屋で買ってきて食べていた「パン」が
ポルトガル語の発音だとは知らなかった
卵焼きを入れた弁当をカバンに放り込み
授業が終わるごとに毎回隠れて食べていた
先生から音楽を学び国語を習った
大陸に反撃、反撃、反撃と教えてくれた。
先生は算数も教えてくれた。

「一枚の国旗に三種の色がある。三枚の国旗なら
何種の色があるか？」
クラスの級長は九種類といい、副級長は三種類と言った
弁当の中のネギは一種類だと言った
つまり、ネギによると
土のなかであろうと市場にあろうと、菜脯蛋（ツァイポータン）の中にあろうと
俺はネギ
台湾のネギだからだ

俺はネギの匂いの残った空の弁当箱をもっていろんなところを旅行した
市場のすべての喧騒が弁当箱の中で熱心に俺に向かって呼びかけてくる
おれはヤルツァンポ河、バヤンカラ山
（今思うとそれほど変な名前じゃない）
そしてパミール高原を越えて
ネギ山脈に到達した
俺が台湾式の中国語で「ネギを買いたいんだ！」と言うと
巨大なネギ山脈は何の返事もしない
ネギ山脈にはネギは一つもなかった。

突然自分の青春を俺は思い出していた
母はまだ家の入り口で、俺を待っている

訳注——菜脯蛋、切干大根の入った玉子焼き。

一九八九年

太魯閣（タロコ）　一九八九

I

小雨の降る肌寒い春の一日、君の沈黙の意味を考えている

その広大さが間近にせまり
千尋の山壁が一粒の砂のように心に横たわっている
雲と霧がそっと推すと
湿潤のなかで、豊かな緑がぐるぐると回り静止する
そのやさしさはため息のように
そっと落ちていく一枚の葉、のんびりと飛翔する鳥
滑りやすい急な山頂や絶壁で
開花する樹木のよう
その奥深さが苦悩と狂喜を取り込んでくれる
緑滴る雨林
深く藍い星空のような荘厳さで

その激しさは去年の夏の兎や鳥のようだ
滂沱とした山津波を抜け
早朝の陽光のなかを奔っていた
いのちが互いに呼ぶ声を聞いた気がする
子供の頃よく遊んだ深い水辺で
おどろいて目がさめた昨夜の夢で
時間に捻じ曲げられ
凝固した歴史の激情を見るようだ
重層して曲がりくねった岩の上で
石くれが積み重なった谷底で
その刻まれた線条は雲や水のように
いつまでも見つめあう山のあいだ
いつまでも照らしあう天と地のあいだにある

しかし君はただ無言で私をみつめている
山道を歩いていると
みつめられている私
何度も君の前で倒れ

過去何千、何百年もの間　君の腕の中に
倒れこみ、流血し、死んでいった者達のように

2

幾度その懐の中で子供達が転倒し傷を負い
そしてまた起ち上がったことだろう
腐葉があまねく堆積した密林の中を進んだ彼らは
幾度道に迷ったことだろう
青春の飛沫が滝のように飛び散り
渓流とともに大海に流れ込むのを君は見ていた
夢幻の中で浮雲がゆっくりと
更に巨大な夢幻の中に消えていくのを見た
彼らは静かに座り沈思する岩を探しにいった
鐘の音とともに黄昏のなかに入っていった者達は
暴風雨のなかで成長した
彼らは断裂した崖に立ち
水滴が石を貫いていくのを見ていた
逝く者は斯くの如きか　昼夜を舍かずと見ていた

逝く者は斯くの如きか　昼夜を舎かず
紅毛のスペイン人が峡谷に来て、砂金を採るのを君は許した
紅毛のオランダ人が峡谷に来て、砂金を採るのを君は許した
満洲人に追い払われて渡海してきた中国人がその渓谷で砂金を採るのを君は許した
満洲人を追い払った日本人がその渓谷で砂金を採るのも許した

君の渓谷に至り砦を築き大砲を据えて、人を殺めた
君の山腹に至り砦を築き大砲を据えて、人を殺めた
君の渓流に至り砦を築き大砲を据えて、人を殺めた

君はやってきた漢人が刀をふりあげてこういうのを聞いた――
「降参しろ　太魯閣蕃！」
君はやってきた日本人が銃を向けてこういうのを聞いた――
「降参しろ　太魯閣蕃！」
君は紋身の彼らが次第に深山から山麓へ
山麓から平原に移っていくのを見た
君は彼らが徐々に自分達の家を離れ
押し黙っていくのを見た

3

彼らが次第に自分達の家を離れ
その傍らに来るのを君は見た
同じ中国人に駆逐され海を渡ってきた中国人達
彼らは戦いで残った爆薬、郷愁、ブルドーザーで
君の入り組んだ骨格のあいだを掘削して新しい夢を開こうとした
或る者は自分が掘ったトンネルのなかで、行方不明となり
或る者は落石とともに永遠の深淵の中に落ち
或る者は片手片足を失い
風のなかで剛毅な樹木のように立っていた
或る者は古い長衣を脱ぎ鋤を手にとり
新しく開通した道の脇に新しい表札を打ち付けた
彼らは異郷で出会った女に
接ぎ木、混血、繁殖する事を学んだ
次々と植えられていったカリフォルニアプラム、キャベツ、二十世紀梨のように
彼らは自分達を君の体の中に植えていった

彼らは新しく開いた道に新しい地名を掲げた
春になると
その偉大な領袖は勲章を胸にして
天祥と呼ばれる地に来て散っていった梅の花を観賞した
温泉の小径に御座所を設け
熱く「正気の歌」を朗誦した。
しかし君は華清池でもなければ、馬嵬坡（ばかいは）でもない
また遙かな向こうの朦朧とした中国の風景でもない

かの有名な大千居士は、震える手で
山の雲霧よりもおぼろげな美しい髭に触れながら
半ば抽象的な溌墨（はつぼく）で
君のその顔に郷愁をたっぷりと描いた
彼らは君の山壁に長江万里図を描いた
しかし君は中国の山水でもなく山水画の中の山水でもない
君の額に懸かっているのは李唐の万壑松風図（ばんがくしょうふうず）でもなく范寛の谿山行旅図（けいざんこうりょず）でもない
冷房の効いた観光バスに座っている人々にとって

君は美しい風景
（ちょうど　四百年前に東の海上を船で過ぎた時に
奇妙なトーンで「フォルモサ」と叫んだポルトガル人のようだ）
君は美しいが、フォルモサという名前ではない
君は持って歩いたり引っ掛けておいたり
観賞するための風景でもない
君は生活であり、いのちなのだ
その血の流れとともに律動し
呼吸する人々にとって
君は偉大な真実の存在である

4

私は霧深き黎明を探している
私はその渓谷の上を飛んだ最初の黒尾長雉を探している
私は隙間のなかで互いに伺っているインディゴとトウダイグサを探している
私は海と旭日を高く称賛している最初の舌を探している
私はムササビを追いかけている落日の赤いひざ小僧を探している
私は温度によって色を変える樹木のカレンダーを探している

私は風の部落を探している
私は火の祭典を探している
私は弓とともに共鳴するイノシシの足音を探している
私は洪水を枕に寝ている夢の竹小屋を探している
私は建築技術を探している
私は航海術を探している
私は喪服を着て泣いている星を探している
私は血の夜と渓谷を鉤のように引っ掛けている山の月を探している
私はケーブルで縛り千丈の崖から垂れ下がって山とともに破裂する指を探している
私は壁を突き抜ける光を探している
私は船首に衝突した頭部を探している
私は異郷に埋められた心を探している
私は吊橋を探している　靴紐のない歌かもしれない
私は反響する洞穴を探している　豊富な意味をもった母音と子音の一群

タンガロ、バンキアム、タビト
タンロンガン、ロサオ、タラワン
タポコ、スメグ、ロポカ

カバヤン、バラナオ、ボトノフ
カモヘル、カラギ、ポカパラス
カラパオ、タブラ、ラパホ
カシア、ポシヤ、タシル
セヘンガン、シダガン、シカラハン
カオワン、トモワン、ボロワン
フトダン、パチガン、サンリガン
タロコ、ダガラン、ダギアコ
サカダン、パラタン、ソワサロ
ブナエン、ボロリン、タボカエン
ウワイ、ドヨン、バタカン
ダガリ、ホホス、ワヘリ
スカイ、ボカスイ、モゴイシ（原注）

5

私は反響する洞穴を探している
小雨の降る肌寒い春の一日この地上で
ささやかに住んでいることの隠れた意味を考えている

秋になると、彼らは連れたって渓谷の山道を進む
木々の間、渓流の傍で待っていて忽然と現れるのは
ひょっとしたら一群の猿達だ
あるいは荒れ果てた耕地の傍らに
静かに立っている二軒の主のいない竹組みの小屋かもしれない
さらに遠い向こうの古道で蔓草を越えていった彼らは
日本軍が待ち伏せする壕に出会ったことだろう
さらにその向こうでは原住民の茅葺の小屋があったはずだ
そして考古学の隊員が
最近残していった陶片が二、三個ある

私達は迴頭湾を遠回りして
九株の老梅のある吊り橋についた
日本の警官が駐在していた場所で現代の郵便配達員が
たのしそうに郵便物を受取口に投げ入れている
二時間歩いて吊り橋に着いた蓮花池の老兵達が
渡ってきて郵便物を受け取るのだろう
あるいは運搬車に揺られて

下りてきた梅村の女達かもしれない

君達が揺られながら黄昏の村に入ってくると
村の逞しい少年が興奮して駆け寄ってくる
その敏捷な姿は彼の祖父が五十年前に
狩で追いかけた山鹿を彷彿とさせるものだ
「パパがお茶をいれて待ってるよ！」
竹村は彼らの故郷の名前だ
彼の父が若い時に読んでいた唐詩の詩句のように
五十年前にここで耕し、狩をしていたタイヤル族のように
彼らは海を越えてこの土地の主人となり
果樹を植えて、子供を育ててきた

6

小雨の降る肌寒い春の一日、この地上でささやかに住んでいることの
隠れた意味を考えている
鐘の音が続き
群山の向こうに更なる群山

石段を登っていくと夕暮の光が傾いて近づく
山頂の禅寺の梵唱が
反復する波浪のようであり
君の広大な存在にも似ている
その低く続く朗唱は単純でありながら、なんと複雑なことだろう
微かなものも広大なものも包み込み
苦悩しているものも喜んでいるものも包み込み
奇異なものを包み込み
残欠したものを包み込み
孤立して寂しそうなものを包み込み
怨みを包み込み
そっと目を伏せた慈悲深い菩薩のように
君もまたそっと黙している観音さまだ
天地がひらけ、樹木の死、虫達の生をこだわりなく見ている
山水がひびき　日月ははるか
いのちが互いに呼ぶ声を聞いた気がする
それが透明な山水の景色を貫き
永遠に反響する洞穴を貫き

この夜に到達するだろう
千尋の山壁が一粒の砂のように心に横たわっている

一九八九年

原注――これらは太魯閣国家公園区内の古名。タイヤル語でそれぞれ意味をもっている。タビトは今の天祥で、元の意味は「棕櫚の木」。ロサオは「沼沢」。タボカエンは「種を蒔く」。パチガンの元の意味は「必ず通るべき道」。ボロワンは「こだま」という意味である。

訳注――「正気の歌」、南宋末の政治家、軍人である文天祥（一二三六―一二八二）が元に捕らえられた時、獄中で書いた作品。「華清池」、西安の東、玄宗皇帝が楊貴妃との日々を送った温泉地。「馬嵬坡」、安禄山の役が起こった時に玄宗皇帝の愛妃楊貴妃が逃避行の途中で殺された場所。「張大千」（一八九九―一九八三）、名は爰、字は季爰、号は大千居士、四川省内江の人、晩年、台湾に居住しながら大陸の風景を多く描いた。「李唐」は南宋初期に徽宗の画院で活躍した画家。「范寛」は北宋中期に活躍した画家。「インディゴ」、木藍（もくらん）、マメ科コマツナギ属の植物で、学名は Indigofera tinctoria L.。「トウダイグサ」、熱帯性の双子葉植物、学名 Euphorbiaceae。

家庭の旅（一九八九―一九九三）

家庭の旅　七首

Ⅰ　家庭の旅

もちろんそれは書物である
形式はでたらめだが確かに辞書だ
四色のカード、借用書
逮捕状、結婚証書の上に印刷されている

こちらの頁は時間に指名手配されている私の父
彼の母は海で泳ぎ、砂の上を這うカニなので
弟達の名前は皆水で出来ている
彼女の夫はゴンドラで山から降りてきて
山の精力と火の粗暴さをもっている　圧倒し、殴り、傷つける
夜半に彼が酔っ払うと、残された妻は子供を抱きながら体の傷痕を洗うことになる
彼は自分の名前に父と同じ火が入っていることを怨んでいる
ちょうど双子の弟の一人を夭折させ、もう一人の体に障害を残した

肺炎とひどい潰瘍を彼が怨んでいるように

こちらの頁は病を忌んで医者にかからなかった家族の歴史である――
不妊症だった大叔母、失踪した母方の祖父
私の叔父は二十年の同居の後、彼の父が私の父方の祖父だったことを知った
私の四番目の叔父と結婚した叔母兼従姉は三人の知能障害の子供を生んだ
子供を作ることは知っていたが育てることも、教育することも知らなかった私の祖父……

こちらの頁は難しくてもう使われないような言葉の索引だ――
溺れてしまった伯父、自ら囚人となった父の従兄弟、
若いときに家出して、老いると髪を落として尼になった私の父方の叔母

こちらの頁は注音符号の索引だ――
読：勉学数年の後、汚職背任を犯した私の父
毒：人生の大半を賭事に費して、薬物に溺れ、売人だった私の父

彼らは私のトランクの中にあっていつも旅行している
活字ケースがひっくり返り、再び並べられる

私の兄弟になったり　私自身になる
空白の所は母親達の涙
愛情、悲しみ、沈黙の抱擁
焦燥した火を抱擁し
戻ってきた波を抱擁する
時の砂浜でしだいに白くなる海のページを
一回また一回と読んでいる

2 列車

列車が小さな駅から出て行くのが又聞こえた
明け方の汽笛、日本の軍刀を佩いて
彼女の父は大股で鉄路を跨いでゆき
ゆっくり遠ざかっていく車両に飛び乗った
血染めの軍服が送られてきた
あの年の三月、若かった母はちょうど国語（グオユー）を学んだばかり
外祖父が残した蓄音機をもって小さな街に嫁いで来た
彼女の列車はいつも夜になってから動き出した　就寝前の

音楽のクラス、33 1/3回転の黒いレコード
畳の上の父はたえずタバコを吸っていた
まるで車両の中で座って一緒に旅をしているようだった

きっとトンネルを過ぎる頃には寝てしまったに違いない
列車は駅に着いたが、父が見えない
黒髪の母が窓際に座り
次に来る悲しい音楽を待っている

血にまみれた弟を彼らは送ってきた
刺青の入った足の上にとがったナイフが刺さっていた
早くするのよ、と母。早く荷物を片付けて
次の列車に乗せて、遠い田舎に彼を送るのよ

列車が小さな駅から再び出ていくのを彼女は聞いた
明け方の汽笛、黒いレコード

3 階段

階段は貧者の夢

私達は他人と同じビル、しっかり安定した階段を夢想する
上へ。上へ。上へ。
全世界の景色を見る

しかし私達の階段は横に伸び、低い木造平屋の一角にある。
台風が来ると、運び出す
父に従って屋根に登り、トタンを釘で補強し、ドアや窓も補強。

雨漏り、連日の雨

部屋中にある洗面器は、雨水を一滴ずつ受け、
私達の夢のようだ
椅子とテーブルに上り立てかけた階段の先端にカバンを掛ける

一人の侵入者も許さない夢の源

4 靴

雨の夜、泥濘の都市で靴が破れた
流浪者がひとり街角で自分の靴下に手を触れる

靴が破れ、足が濡れる
靴、感情の消印
時間の葉書

遠方の母に郵送した――
某年某月の某日
ぼくの黒いスニーカーをきれいに洗ってくれましたね
ステージに上がって賞品を受け取った時
左右を間違えて履いていることにぼくは気づいた

夢の中の妻へ――
結婚した時に履いていたあの赤い皮靴

取り出して、オイルをつけておくのを忘れないように
ぼくは黄昏に家の前を横切る夕映えが
好きだ

帰宅する道で靴が破れた

5 碗

暗黒の中で静かに横たわっている
陶器、磁器の碗
大碗、大皿、小皿
一枚取って、明かりをつけ
テーブルの上に置いた――再び角の欠けた碗
食事の時に、舌を切ってしまった
スープを飲む時は唇に火傷
七歳の時に初めて、こぼれた薬水と
部屋一杯の咳と一緒に
君を割ってしまった
苦ければ苦いほど早くよくなるからね、と母がいい

すぐに、君は又テーブルに戻ってきた
外見も柄もあまり変わらず
団子、糯米飯
蓮子湯、冰糖蛋が盛られていた
父親が口をつけたのがどの辺りか
祖父のはどの辺りかよく知らない
酒をのんで、杯を合わせ
にぎやかに歌っているうちに
すぐに又角が欠け
ぼくとぼくの子供に地下で打ち割られた

彼らは、記憶の中で静かに横たわっている
新しい碗、古い碗
大碗、大皿、小皿
醬油が入ってまた綺麗に洗われて
壊れた破片は再びつながり
つながり、夜中に
明月と共に君の眼前に戻る

その手で撫でられて
キスもされる
まんまるな、からっぽの、満杯の
あらゆる夢のような

6　花園

花園、記憶の倉庫
字を知らない祖父が狭い部屋で花が開くのを待っている。
日暮れになって彼は小さな明かりをつけた。
病いがちの老人

彼は小さな明かりをつけて、その眠気を
運び出す蟻達を照らす
ごみ箱のうえにハクモクレン
壁の上には古くなったカレンダー

確かに彼はいくつかの花を植えた
明け方の庭で陽光とともに開花する

春の心
母親の赤い椅子が垣根の傍らで静かに輝いている

我々の共有した花園
永遠の中に掛けられた時間の回廊
その中を憂いと悲しみを携えて散歩し
余分な香りをポケットにそっといれる

彼の花園はさらに大きくなって
異なった色の薬の包みの中に分散している
狭い部屋に坐り日暮れを待ち
花の香りを彼は感じたようだ

7 騎士の歌

親愛なる祖母は
自転車に乗って
空に歌う
ブレスレットが二つ

地上の車輪のように残されて
私の心に掛けられた

その車輪は回って
指輪になり
嫁に出る私の娘の指に
はめられる

ある日
私も自転車に乗る時
空に歌うだろう
彼女の子供は
その胸元のネックレスを撫で
すべて了解したように、私に微笑むだろう

一九九〇年

壁

私達がむせび泣くのを聞き
私達がささやくのを聞き
私達が壁紙を引き裂くのを聞いている
去っていく身近な人の声を焦燥して追いかけるのを――
大きな息遣い、鼾、咳
だが、私達には何も聞こえない

壁に耳あり
壁は無口な記録者だ

なくなった帽子、鍵、コートの記念に
私達は釘を残しておく
曲折した愛情、噂、家庭のもめ事を収めておく為に
私達はそこにすき間を作る

そこに掛かっている時計
そこに掛かっている鏡
そこに掛かっている失われた日々の影
しぼんだ夢のリップマーク

私達はそこに厚さを加える
私達はそこに重さを加える
私達はそこに静寂を加える

壁に耳あり
私達の脆弱さに依拠して大きくなった存在

一九九〇年

相遇

出勤途中の道で

母に出会った
古い自転車に乗って
赤信号の前で止まっていた

彼女は私がもうひとつの赤信号の前で見ていることに気づかない
薄い赤の洋傘に黒いカバン
仕事帰りに野菜を買うための買い物かご

毎晩私は妻と娘を車に載せて帰り、母の作った夕飯をたべる
毎晩私は父が剝いた果物を食べ雑談をしてから
自分の住処に戻る。

今までずっと私達一家は一緒だと感じていた
母が一方の道を進み、私が違う道を進む
という感覚もない
母が洗い物を済ませて風呂に入りテレビを見るのを知っている
翌朝は近くの小学校でダンスを習い、ジョギングをするのを知っている

この朝
ようやく明るくなってくる空の下で
二人が十字路を挟んで同時に通りを渡ろうとしている
彼女は自転車で左折しようとしていて
私は車で左折しようとしている
左折して、異なる所に
異なる涙と音楽が交わる所に向かう

この朝
こんなに明るい故郷の空の下で
私達は少しの間相遇して
互いのバックミラーの中に消えた

一九九一年

春

あゝ　世界よ
私達の心も
合法的かつ健康的に淫らになってきた

一九九二年

影の河川

毎日、私達の湯飲みから流れでる
ひとすじの影の河川
リップマークがまだらに残る所は
何度も消えていく
河の両岸
部屋に満ちる茶の香りが眠りを誘う

私達はたぶん、時間を呑んでいる
あるいは自分達自身
あるいは湯飲みの中に落ちた父母

杯のよどんだ底から
去年の風景をとりだす
山いちめんのジャスミン
開いては散ってゆく花びら
冷たい河の水が再び沸き立ち
そっと降りてくる闇を温かく融かすのを見ている

そして　ランタンのように光る杯の前で
茶をのむ　夢のように
高めの岸辺にすわり
茶が河の流れに化すのを待ち
樹木が開花して実を結ぶのを待っている
私達の父母のように
一粒の果実

ひとひらの椿の花に
化身して影の河川に流れ込むまで

一九九二年

魔術師

あの夜、群集が去った後の橋のたもとで
彼が私に言った。「若者よ、あらゆる魔術は本当なのだ……」
だからあの流れ雲も彼の胸のハンカチーフから出てきたものだ。
あの疾走する車も、静止したままの家もだ
彼は秘密の河をふり動かした
涙と汗の痕の付いた白いハンカチは折り畳むと夢の中のハトのようで
開くと世界地図のようだ

彼は地面にハンカチを拡げて、人々が皆それぞれ

座るまで何度も繰り返した
「魔術は愛なのです
あらゆるはかなく美しい物
所有しようとしてもできない物への愛。」
彼はハンカチから一束のバラをとりだし
血管のようなチューブで自分と花とを連結させた
彼は私達にナイフでその心臓を刺すように指示した
「私の心は愛に満ちています
ナイフで刺すと私の血が
あのバラから吹き出るでしょう。」
驚いた私達は花びらのように飛び散る血を避けようとしたが
それはジャムのように甘いものだった
もうひとつのハンカチから彼は一組のトランプを取り出すと
私達が全員その中に入っているという
彼はこちらに一枚ずつ抜かせて番号を記憶させてから
元に戻させた。 その番号が私達の名前で
永遠という時間が私達に与えた身分証だという
彼は熟練した技でカードをシャッフルし、 すべてのカードが

同じ番号になるまで続けた
私達はどれが自分のカードなのか
わからなくなり、互いに驚いて見合わせた

彼は変動していく事物を好む
市全体の噴水池を袖の中に隠して
私達の喜怒哀楽と混ぜ合わせ
突如黒い酢を吹き出させ
そしてまた突如赤いワインを吹き出させた
彼は太陽の下では何も目新しい物がないことを知っていて
月明りの下で演じることにしている
彼の喉の奥に飲み込まれた炎や利剣は
(彼が新聞を展げながら、宣言したのだが)結局
遠方の驚くべき殺人、虐殺、宗教革命になる

彼は私達がこれらを子細に見るように望んでいる
なぜなら、人生は彼によると一場の大魔術だからだ
「あなた達が信じさえすればハンカチでも空飛ぶ絨毯になるのですよ!」

ただそのうちのいくつかの変化はあまりにも速く
私達にはその変わりようの区別がつかない
またいくつかの変化はあまりにも緩慢としていて
一生かかってやっとその妙味がわかるほどだ
海原は桑畑になり、少女は
老婆になるという
しかし愛はいかにして死者の霊魂を醒まさせ、死者の灰は
どのように新しい火となるのだろう?

あの夜の河辺の空き地では足元のハンカチが
私達を載せて遠くに飛んでいくとは、誰も信じなかった
しかし魔術師はいつものようにハンカチを使いながら
秘密の河流が彼の眼には流れていた

一九九二年

メシアンへの葉書

I

私達が掛けているもの

涙
星
虹
鳥

時間の深淵の上で
うたう
うたう

かなしみの空中庭園

2

私達は地球儀の上を駆けている
私は古びたアジアに
君は遠いヨーロッパ
誰かが地球をまわすと
私達はつまづいて
メランコリーの海にともに落ちていく

3

苦悩しながらも清らかに澄んだ海

ひゅう
ひゅう
ひゅう

愛

4

力と光にあふれた波浪のように
上昇し
下降する

何度もぐるりともどってくる秘密のトンネルのように
渓谷から星へ
夢から　夢へ

5

鳥は星形の庭に降りる
音楽が音楽に流れ込む
西方
東方

協和
不協和

何に基づいているのだろう

一九九二年

原注――これらの詩が基づいているのは私が最近聞いた音楽である。特にオリヴィエ・メシアン（Olivier Messiaen、一九〇八―一九九二）、L・ノーノ（Luigi Nono、一九二四―一九九〇）、A・ウェーベルン（Anton Webern、一八八三―一九四五）、武満徹（一九三〇―一九九五）である。武満によると、「音楽の喜びは基本的に悲しみと不可分である。悲しみとは生存することの悲しみである。音楽を創造することの純粋な喜びを感受するほど、その悲しみは深くなっていく。」

紀念写真　二首

I　昭和紀念館

時間は昭和十年

中央の二両のぴかぴかに磨かれた消防車の間に対称的に
六人の整然と制服を着た消防隊員が立ち或いは座って
かしこまった姿で画面にいる
後ろには電信柱と檳榔樹が一本ずつ
その後ろに銅の獅子が堂々と座っている紀念館
一片の雲がちょうど流れていて画面の外で切れている
少し向こうの花岡山公園の涼亭には

花蓮港庁消防団の看板がかかっているはずである
もともと阿美族会館と書かれていた場所だ
昭和三年、原住民達がうれしそうに祖先達の使った
石臼や杵を会館に運び込んだ。そして自分達が寄付した費用で
建てたこの紀念館の落成を酒と歌で祝った
だが港をつくった時に水面に流れた血と汗が出航する船で
すぐにかき消されたように、日本から運ばれてきた消防車は
地面の檳榔の汁をすぐにきれいに洗い落とした

この建物がなぜ昭和紀念館に改名されたかを知るものはいない

またある日、正面におかれていた銅の獅子が
大砲の一部になって襲ってきた連合軍の飛行機に
照準をあてるようになることを知る者もいない
厳粛な顔をした六人の消防隊員達は
明らかに平和な時代に消防隊に臨時に充てられた
紀念館前でそれぞれ姿勢を正して
未来の我々に向かって奇妙な一瞥をなげかけている

もし突然、街で失火すれば彼らは大急ぎで
写真から抜け出して、全花蓮港の水の舌を開いて
よどみなく大火と議論をするだろう
日本製の消防車は消火の言語を決めたことがない
日本語、台湾語
アミ語、タイヤル語、そして客家語をはなす
ただ沈黙の歴史はただ一種類の声だけを聞き分ける
勝利者の声、統治者の声、勢力の強い者の声だ

したがって彼らはこの建物が

竹401
竹340

中国語をはなす民防指揮部になり
中国の旗をかかげる国軍英雄館になるとは考えなかった
英雄というのは消火とおなじように弱勢者の声、
名前、紀念物、昭和紀念館を消滅させる
少し離れたところからチリンチリンというサイレンの音が聞こえる
私のアミ族の学生が大きな白菜をひとつ抱えて
花岡山から下りてきて、国語（グオユー）で言った。

「先生、どうぞ白菜です。どこが火事なのか見に行ってきます。」

原注——一九九二年の春、筆者は花蓮文化センター編輯の『洄瀾憶往：花蓮開埠三百年紀念攝影特輯』の為に日本統治時代の史料、写真の中から故郷の花蓮の昔の姿を見る機会があった。これらのかつての画像は私の胸の奥に深い痕跡を残した。その中に花岡山の上に位置していた昭和紀念館の写真があった。この建物は昭和三年（一九二八）に竣工し、アミ族の人々の出資で建設された。元はアミ族の花蓮開発を紀念するための「阿美族会館」でアミ族の器物を陳列して、同時にアミの人々が花蓮にきたときに投宿するための場所であった。しかし二年後に昭和紀念館（昭和会館）と改称され、その後消防隊の土地となり、光復後は民防指揮部となり、一九七八年に国軍英雄館に立て直された。私が勤めている国民中学がその付近にある。

2 ブヌン族の彫像

カレーの市民を彫刻したロダンが彼らを見て
立ちあがるように要求するかどうかはわからない
九人の頑固そうなブヌン族が分駐所の前に並べられ
手足は鎖で繋がれているが、彼らの魂は繋がれていない
もし、大きな斧が彼らの頭を落として石にしてしまったら
彼らの体はなお完全に彫像として自分達の土地の上に
立っていることだろう。今、彼らは審判を待っているところで
統治者の手が彼らを不朽の像にするのを待っている
イカノ社のラマトケンケンと彼の四人の息子
ケントウ社のタラムと彼の三人の弟達、(彼は日本人から
脅かされる前に出頭を勧めた母を殺している)
彼らの目は正面を見つめ、面容にはそれぞれ異なる発音の
ブヌン族のことばで「荘厳」と彫られている。荘厳なる哀愁
荘厳なる無関心、荘厳なる自由……彼らは生まれつきの石

一九九三年

原注——この写真は毛利之俊が昭和八年（一九三三年）に出版した『東台湾展望』の中にみえる。昭和七年九月十九日台東庁の里瀧支庁の管内で原住民が大関山駐在所付近檜谷で警察官二名、警丁一名を殺害した事件である。警察は厳しく追尾して、まずケントウ社のタラム、そして十二月十九日に山中で主犯のイカノ社の頭目ラマトケンケン、およびその四人の息子達、タラムの三人の弟を捕らえた。写真の中で九人が裸足で一列に並んでいる。

懐旧的なニヒリストのための自動販売機

お好みのボタンを押してください

母乳
浮雲
綿菓子
白昼夢
炭焼コーヒー
スター化粧水
睡眠薬
朦朧詩

●冷●温
●大●中●小
●即効タイプ●持続タイプ●絡まりタイプ
●缶●瓶●アルミ包装
●郷愁タイプ●熱情タイプ●死亡タイプ
●虫の音入り●鳥声入り●オリジナル
●菜食者向け●非菜食者向け
●二個入り●三個入り●噴霧式

大麻　　　　　●自由ブランド●平和ブランド●アヘン戦争ブランド
コンドーム　　●商業用●非商業用
陰影ティッシュ●極薄●透明●防水
月光ボールペン●灰色●黒色●白色

一九九三年

島の辺縁

縮尺四千万分の一の世界地図の上で
我々の島は青い制服にゆるく掛けられた
黄色いひずんだ釦
私の存在はいまや蜘蛛の糸より細い
ひとすじの透明な糸、海に面した私の窓を抜けて
精一杯に島と大海を縫い付けている

孤独な日々の辺縁で

新年と旧年が入れ替わる間隙で
思いは鏡の書物のように時の波紋を
冷たく凝結させる
読むうちにぼんやりした過去の
一頁ずつが鏡の上にさっと光るのが見える

もうひとつの秘密の釦——
見えない録音機のように君の胸の前に付いていて
君と人類の記憶を何度も
収録し再生している
愛と恨み、夢と真実、苦難と喜びが
混ざった録音テープ

今、君に聞こえるのは
世界の音
君自身とすべての死者、生者の
心音。もし心から呼べば
あらゆる死者と生者は

君と明快に話すことだろう

島の辺縁、眠りと
覚醒の境界で
私の手は針のような自分の存在を握り止めている
島の人々の手で丸く磨かれた黄色い釦を通って
それは青い制服の後ろの
地球の心臓にしっかりと刺しこまれている

一九九三年

小宇宙Ⅰ（一九九三）

小宇宙Ⅰ　現代俳句一百首（抄）

1

男はふたつのビルの間から
抜けてきた月光で
リモコンを洗った

6

急速に滑り落ちるグリッサンド――
誰かが私の子供時代の窓に
はしごをかけた

14

待っている　渇望しているんだ　君に――
夜のからっぽの碗のなかで
サイコロが七番を出そうとしている

16

秋風の中にひとり――
いや　秋風の中に見える誰かが言ってる
秋風の中に誰かがいると

18

寂とした冬の日の重大
事件――耳垢が
机の上に落ちた

21

涙は真珠のよう――いや涙は
銀のコインのよう、いや涙は
綻びて落ちたあと、縫い戻されるべき釦のよう

26

君が注いだ茶を湯呑みで飲み

君の指の間から流れ出た
春の寒気を湯呑みで飲む

29

死を敬してのパレード――
散歩する靴仕事する靴眠る靴
舞踏する靴……

30

街路のそれぞれはチューインガム
何度も咀嚼すればいい　だが
一度に食べてはだめだ

35

孤峰をつなぐのは
寂寞　そして
黒鳥と白鳥のまなざし

38

鉄のように冷える寒さの夜――
互いにぶつかり火をおこす
肉体のパーカッション

46

静かなる囚人――我らは言葉で
透明な壁を砕くが、壊れた沈黙をひとつずつ
呼吸でとりもどす

51

雲霧の子供の九九――
山掛ける山は樹木、山掛ける樹木は
私、山掛ける私は虚無……

55

切手はここに貼ってください――

私が貼りたいのは
君が好きなケーキ　あるいは唇

58

落胆の籠を開けると――
空虚が飛び出し
虚空が飛び込む

62

「草と鉄錆ではどちらが速く走れるかね？」
春の雨のあと、廃線になった鉄道の傍らで
誰かが私に聞いた

63

世界記録を破りつづけたあと
我らの孤独な砲丸投げの選手は
自分の頭を一気にほうりなげた

66

体が白いのでホクロが
ひとつの島になった——なつかしい
君の服の下でかがやく大海原

76

四季をとおしてサンダル——見なかったかね
黒板、灰燼の上を踏んだあと、私の両足が
書いた自由詩を?

78

彼らは夢を薄いキャッシュカードのようにする——
やりくりがつかなくなった夜に
パスワードを持って金を引き出す

86

私は人

私はほの暗い天地のなかの
使い捨てライター

87

ザクロが雨の中で
濡れそぼった緑になり
話がある様子

90

激しい愛がもたらした愉快な死傷——
私は五箱のグレープフルーツ分の汗を流し
君は髪の毛二十一本が切れた

91

君が残していった買い物袋——
私はそこに新作の俳句、レモンケーキ
雨上がりの山の景色を入れた

97

婚姻物語——ひとさおのタンス分の寂寞に
ひとさおのタンス分の寂寞を足すと
ひとさおのタンス分の寂寞になった

一九九三年

島の辺縁（一九九三―一九九五）

一茶

それから知ることになった
一杯の茶のひとときを

混んだ喧騒のなかの駅ビルで
約束の時間に遅れている人が
冬のひどい寒さのなかであらわれるのを待つ
ていねいにささげるように持ってこられた
熱い茶に
そっと砂糖とミルクを入れ
軽くまぜて
軽くすする

旅行バッグから
小型の一茶俳句集を開く――
「露の世の露の中にて

けんくわ哉」
喧騒とした駅は露の中の
露、飲むごとに
深みの増すミルクティーに滴ちていく

一杯の茶
熱く　暖かく　そして冷めていく
いくらかの気がかりは
詩から夢に、そして人生に
古代ならば――
章回小説か武俠小説の
世界――
それは一杯の茶のひととき
俠客が抜刀して襲いくる悪者をうちまかす
英雄は魂を抜かれ佳人の帳の前で取り乱す

だが現代の時間は速い
半分のむ間に

君はアイスミルクティーをのみおわる
一杯の茶
近くから遠くへそして虚無へ
ずっと待っていた人がやっと現れ
もう一杯いかがとたずねる

一九九三年

秋歌

親愛なる神が世界への我々の忠誠度を
試すために突然の死を向けるとき
我々は夏と秋の尻尾で結ばれたブランコの上に座り
傾いた経験の壁の上を越えようとして
向かい風からブローチを借りようとしている。

しかし若し、握りしめた手を

暮色のなかで緩めたら
我々は疾駆する平原の躰につかまらないとだめだ
限りない遠くに向かって大声で
我々の色と匂いと形を叫びながら

抽象的な存在として署名を残す一本の樹のように
我々は次々と葉の衣を脱いでいく
過重な喜びや欲望や思想を脱いで
ひとつのシンプルな爪になって
愛する人の胸にかけられる

シンプルで美しい昆虫のブローチ
暗い夢のなかで飛翔し
涙も囁きもない記憶の中で這い上がる
それは愛の光と孤独の光がおなじように
軽く長い一日は長い夜の双子の一方だと

もう一度わかるまで続く

そこで我々は更にすすんで乗ろうとするだろう
夏と秋が交尾してできたブランコに
また傾いた感情の壁を更にすすんで直そうとするだろう
親愛なる神が世界への我々の忠誠度を
試すために突然の死を向けるとき

一九九三年

夜間魚

私は夜に魚になる
無一物であることで富と自由を突然手に入れた
両棲類

虚無?　そうだ
果てしない大空のような虚無

君のヴァギナより黒い夜の中で私は泳ぐ
さすらい人のように

そうだ　宇宙が私の都市
どこの市立プールからも覗くことができる
ヨーロッパは一塊の乾いて小さくなった豚肉
アジアは臭いドブの傍らにある割れた茶碗

君達の甘い家族愛を注ぎ込むがいい
君達の倫理と道徳の水を注げ
君達の二日に一度換える風呂の水を注げ

私は無一物で何者も恐れない
両棲類
果てしない宇宙に棲息し
昼も夜も夢の中に生息し

風に梳られ、雨に沐浴する沐浴者

君の大空を大手を振って泳ぎ
君がけっして逃げられない生と死を越えていく
君はまだその自由を自慢するつもり？

さあ、この魚を認めなさい
君に捨てられて、突然に富と自由を手に入れた
大空の魚を認めることだ

一九九四年

花蓮港街　一九三九

——それは街というよりも都市であり、
　ある気質をもっている……

野球場の右の外野に私は今立っている。花岡山公園
この少女のようにしとやかな小都市のわずかに
隆起した胸の部分。大阪商船株式会社の貴州丸は
海上からゆっくりと新しく築かれた港に入ってきた
二人の高等女学校の学生が校歌を歌いながら
昭和紀念館の傍らの公会堂から出てきた
「お早う！」彼女達に挨拶をするのは、花蓮港中学校の
英語教師で学級主任でもある土田一雄先生。
「お早う！」彼はテニスコートの傍らの木陰に自転車
をとめる。（彼は中学校校友会のテニス部長でもある）
表忠碑の石段を上がっていくと、遠く鏡のように煌く
太平洋が眺められる。お国ははるか遠くの福島
そこでも同じように鏡のようにきらめく大海。あの海の青と
空の青。旧知の間柄のようだ。だが彼は頭上の浮雲が
何処に行くのか知りようもない。彼が住んでいる海に
面した中学校宿舎が十年後に青島からきた綦先生の
家になることももちろん知らない。もうひとつ知らないのは
地理を教える綦先生は担任として十五年間教えてから

一人の学生に出会ったことだ
同じように英語の教師になり。詩を書くのが好きで
音楽を愛し、時には花岡山に登って海を見るのが
好きな生徒だった

小さな都市の僅かに隆起した胸のあたりに私は今
立っている。まだ乳臭い尋常高等小学校の生徒が
三々五々、麓の校門の外で道端の落ち葉をかき集めている
彼らは知っている。花岡山の周囲を巡り、この朝日通りと
交わっているのは海辺からずっと伸びている入船通りで
入船通りに繋がっているのが最も賑やかな春日通り
——春の日や水さへあれば暮残り
彼らは春の水辺に暮色が残っていることを知らない
春日通りを出ると、アミ族の蕃社へ向かう高砂通りだと
知っている。そして筑紫橋のある筑紫橋通り。毎朝
吉野の移民村の内地少女が来る。麦藁帽子をかぶり
牛車をひきながら市街にやって来て野菜を売っている
彼らは知っている。吉野一号米は陛下の一番の好みである事を

高砂通りと筑紫橋通りと駅舎のある黒金通りは明らかに
この発育途中の小さな町の骨盤だということを知っている
彼らの教師は生徒達にこの花蓮港街という小さな町が
これから市に昇格することを告げている
だが、年明けに起こった大火でいつも映画や劇を見るために
通っていた筑紫館が焼失することはまだ知らされていない
この色彩豊かな三つの通りが彼らが去ってからのある日
整形されて中華路、中正路、中山路の鉄の三角形に
なることは告げられていない

時の大通りの曲がり角に私は今立っている
過去と現在と未来の音が波浪のように畳み掛けて
押し寄せ、そっとのばされた港の湾曲した上肢で止まる
少女のようにしとやかな小都市の優雅にはにかんだ
最初の抱擁。鏡のような海面は台風が来ると大波となり
怒濤に変わり、また鏡のような海面にもどる
地震は津波の噂をもたらし、感傷的で多感な酒客と
詩人をつれてきた。「江山楼」は稲住通り

「君の家」は福住通り、しかし心配してふさぎこんでは
いない。ほら見るがいい。サバト渓がどのようにして豊富な
薪がとれる七脚川山東麓から水を集め東南に向かい
谷から平原に流れ、幅を広げて沖積扇となり、網のように
流れて二つに分かれ米崙山西麓の南端で再び合流する
そして花蓮港街を抜けて海に流れこむ。ほら見るがいい
大空がどのようにして電線を生みだし、電線からどのようにして
電信柱が生まれ、電信柱からどのようにして電流と
音波が生み出されるかを。遠く近く想い浮かべるこの地
この時間にそれらを会合させよう——産婆牧野茂電話四四六番
料理屋東家電話一五四番、旅館常盤館電話二四〇、五二九番、
惠比須屋電話三三三番（市場内出張所三五四番）、
花蓮港木材株式会社電話一六、一四五、二〇〇番、
東海自動車運輸株式会社電話四二五番……

きらめく大海の深い位置、鏡の底にいる
座礁する歴史、溺死した伝説
逆さまに作られた迷宮、反響から現れた真実

しとやかな少女のような小都市がどのように
その苦悩、欲望、誇りを君に伝えるのだろう
次第に成長し若き妻になり、異なった唇をうけいれ
異なった血をどのように包み込んだのか
どのように無数の閲覧者がいながら常に一冊のまったく
新しい鏡の書であったのか？　このしとやかな少女のような
小都市が必要なのは暖かく、剛毅な灯台である
きらめく鏡のような海面、記憶がよみがえる位置で勃起する灯台

一九九四年

原注――花蓮港街は現在の花蓮市で、明治四十二年（一九〇九）日本人が花蓮港庁をおいた地である。当時は花蓮港区と呼ばれた。大正九年（一九二〇）「街」となる。昭和十五年（一九四〇）花蓮港市となる。花岡山公園には二校の学校があった。花蓮港高等女学校（現在の花蓮女子高級中学）、もう一校は日本人が学んでいた花蓮港尋常高等小学校（現在は私が勤務している花崗国民中学である）。朝日通りは光復後に軒轅路となり、入船通りは五権街となった。春日通りは復興街となった。江山楼、君の家は当時の酒場の名。吉野は現在の吉安。もともと七脚川と呼ばれていた地はアミ語の「知卡宣」から変化したもので、薪柴が多い地という意味。サバト渓は現在の美崙渓。作品中に出てくる電話番号は毛利之俊《東台灣展望》（一九三三）を参照した。「春の日……」は小林一茶の俳句。

腹話術クラス

惡勿物務誤悟鎢塢鶩蓩噁岉蘁甗痦逜埡芴
軏杌婺鶩堊沕迕遻鋈矹粅阢靰焐卼煟扤屼
（私はやさしい……）
屼扤煟卼焐靰阢粅矹鋈遻迕沕堊鶩婺杌軏
芴埡逜痦甗蘁岉噁蓩鶩塢鎢悟誤務物勿惡
（私はやさしい……）

惡餓俄鄂厄遏鍔扼鱷蘁餩嶭蝁搹圔軛豟豟
顎呃愕噩軛阨鶚堊諤蚅砨砐櫮鑩岋堮梔齶
蕚咢啞崿搤詻閼頞堨堨頞閼詻搤崿啞咢蕚
齶梔堮岋鑩櫮砐砨蚅諤堊鶚阨軛噩愕呃顎
豟軛圔搹蝁嶭餩蘁鱷扼鍔遏厄鄂俄餓（し
かも善良だ……）

一九九四年

戦争交響曲

兵兵兵兵兵兵兵兵兵兵兵兵兵兵兵兵兵兵兵兵兵兵兵兵
兵兵兵兵兵兵兵兵兵兵兵兵兵兵兵兵兵兵兵兵兵兵兵兵
兵兵兵兵兵兵兵兵兵兵兵兵兵兵兵兵兵兵兵兵兵兵兵兵
兵兵兵兵兵兵兵兵兵兵兵兵兵兵兵兵兵兵兵兵兵兵兵兵
兵兵兵兵兵兵兵兵兵兵兵兵兵兵兵兵兵兵兵兵兵兵兵兵
兵兵兵兵兵兵兵兵兵兵兵兵兵兵兵兵兵兵兵兵兵兵兵兵
兵兵兵兵兵兵兵兵兵兵兵兵兵兵兵兵兵兵兵兵兵兵兵兵
兵兵兵兵兵兵兵兵兵兵兵兵兵兵兵兵兵兵兵兵兵兵兵兵
兵兵兵兵兵兵兵兵兵兵兵兵兵兵兵兵兵兵兵兵兵兵兵兵
兵兵兵兵兵兵兵兵兵兵兵兵兵兵兵兵兵兵兵兵兵兵兵兵
兵兵兵兵兵兵兵兵兵兵兵兵兵兵兵兵兵兵兵兵兵兵兵兵
兵兵兵兵兵兵兵兵兵兵兵兵兵兵兵兵兵兵兵兵兵兵兵兵
兵兵兵兵兵兵兵兵兵兵兵兵兵兵兵兵兵兵兵兵兵兵兵兵
兵兵兵兵兵兵兵兵兵兵兵兵兵兵兵兵兵兵兵兵兵兵兵兵
兵兵兵兵兵兵兵兵兵兵兵兵兵兵兵兵兵兵兵兵兵兵兵兵

兵兵兵兵兵兵兵兵兵兵兵兵兵兵兵兵兵兵兵兵兵兵兵兵

兵兵兵兵兵兵兵乒兵兵兵兵兵兵兵乓兵兵兵兵兵兵兵乒
兵兵兵乓兵兵乒兵兵兵乒乒兵兵乒乓兵兵乒乓兵兵乓乓
乒乒兵兵兵兵乓乓乓乓兵兵乒乒乓乓乒乓兵乓兵兵乓乓
兵乒兵乒乒乒乓乓兵兵乒乒乒乒乓乓乒乒乓乓乒兵乓乓
乒兵乓乓乒兵乓乓乒乒乒乒乓乒乓乓乒乒乓乓乒乒乓乓
乒乒乓乓乒乒乓乓乒乒乓乓乒乒乓乓乒乒乓乓乒乒乓乓
乒乒乓乓乒乒乓乓乒乒乓乓乒乒乓乓乒乒乓乓乒乒乓乓
乒乓乒乓乒乒乒乓乒乒乓乓乒乒乒乓乒乒乓乓乒乓乒乓
乒乓乒乓乒乒乓乓乒乓乒乓乒乒乓乓乒乓乒乓乒乒乓乓
乒乒乒乒乒乒乒乒乓乓乓乓乓乓乓乓乒乒　乒乒乒　乓
乓乓　乒乓乒乒　乒　乓　　乒乒　　　乒乒　　乓乓
乒乒　　乒乒　乒　乓　乒　乓　乒乒乒　　乓　乒
　乒乒　乓　乓乓　乒　　乒　乓　　乒　乓　　　乒
乒　　　　　　乓乓　　　　　　乒　　　　乒　乓
　乒　　　乓　　　　乒　　　　　乓　　　　乓
　　　乒　　　　　　　　　　　　　　　乓

丘 丘 丘 丘 丘 丘 丘 丘 丘 丘 丘 丘 丘 丘 丘 丘
丘 丘 丘 丘 丘 丘 丘 丘 丘 丘 丘 丘 丘 丘 丘 丘
丘 丘 丘 丘 丘 丘 丘 丘 丘 丘 丘 丘 丘 丘 丘 丘
丘 丘 丘 丘 丘 丘 丘 丘 丘 丘 丘 丘 丘 丘 丘 丘
丘 丘 丘 丘 丘 丘 丘 丘 丘 丘 丘 丘 丘 丘 丘 丘
丘 丘 丘 丘 丘 丘 丘 丘 丘 丘 丘 丘 丘 丘 丘 丘
丘 丘 丘 丘 丘 丘 丘 丘 丘 丘 丘 丘 丘 丘 丘 丘
丘 丘 丘 丘 丘 丘 丘 丘 丘 丘 丘 丘 丘 丘 丘 丘
丘 丘 丘 丘 丘 丘 丘 丘 丘 丘 丘 丘 丘 丘 丘 丘
丘 丘 丘 丘 丘 丘 丘 丘 丘 丘 丘 丘 丘 丘 丘 丘
丘 丘 丘 丘 丘 丘 丘 丘 丘 丘 丘 丘 丘 丘 丘 丘
丘 丘 丘 丘 丘 丘 丘 丘 丘 丘 丘 丘 丘 丘 丘 丘
丘 丘 丘 丘 丘 丘 丘 丘 丘 丘 丘 丘 丘 丘 丘 丘
丘 丘 丘 丘 丘 丘 丘 丘 丘 丘 丘 丘 丘 丘 丘 丘
丘 丘 丘 丘 丘 丘 丘 丘 丘 丘 丘 丘 丘 丘 丘 丘
丘 丘 丘 丘 丘 丘 丘 丘 丘 丘 丘 丘 丘 丘 丘 丘
丘 丘 丘 丘 丘 丘 丘 丘 丘 丘 丘 丘 丘 丘 丘 丘
丘 丘 丘 丘 丘 丘 丘 丘 丘 丘 丘 丘 丘 丘 丘 丘
丘 丘 丘 丘 丘 丘 丘 丘 丘 丘 丘 丘 丘 丘 丘 丘
丘 丘 丘 丘 丘 丘 丘 丘 丘 丘 丘 丘 丘 丘 丘 丘
丘 丘 丘 丘 丘 丘 丘 丘 丘 丘 丘 丘 丘 丘 丘 丘
丘 丘 丘 丘 丘 丘 丘 丘 丘 丘 丘 丘 丘 丘 丘 丘
丘 丘 丘 丘 丘 丘 丘 丘 丘 丘 丘 丘 丘 丘 丘 丘
丘 丘 丘 丘 丘 丘 丘 丘 丘 丘 丘 丘 丘 丘 丘 丘

一九九五年

訳注——「兵」(bing) が負傷し足を亡くした「乒」(ping) や「乓」(pong) となる。「乒」と「乓」は衝突や銃声の音でもある。

作曲家／歌手を求める詩　三首

I　星の夜

営業中・・・・・・・・・・・・・・・・・・
・・・・・・・・・・・・・・・・・・・・・
・・・・・・・・・・・・・・・・・・・・・
・・・・・・・・・・・・・・・・・・・・・
天国のパチンコ各店…………………………

2 野を渡る風

(嘘——);

(嘘——　　);

)

虚　・

口　,

(　イ

3 雪の上の足跡

%

%

%

%

・

・

・

一九九五年

訳注——二首目、三首目のタイトルはフランスの作曲家クロード・アシル・ドビュッシー(一八六二—一九一八)の前奏曲に由来。

綱渡り芸人

それで今や私が続けるのは虚空にぶらさがる事　君達の笑い声
君達の笑い声。ぼんやりと震える網を通して
もし、投げ込まれるのが、屋根よりも大きなボールだとしたら？
君達は急にメランコリックになるだろうか？
地球と同じくらいのボールが、締められていない島や湖を
（ボルトの緩んだ一輪車のように）君の顔の上に降り注ぐ

あの黒く紫になった傷あとは山脈とぶつかった処
鉄輪より硬い形而上の山脈
形而上の負担、焦慮、形而上の美感……
またいわゆる美感というのは、虚空で震えている私には
たぶんただ咳と痒みに堪え
頭を挙げ続けること

それと同時に君を碾いていくのは、すべての大陸、亜大陸の

ジョークシステム、その体に河流のように織り込まれている
あまりおもしろくもないジョーク、ブラックジョーク、白色テロ
赤い血。赤色なのは、君がかつて愛した女のために
顔をあからめ、心臓をどきどきさせたからだ（もちろん君は嫉妬と憤怒と
愛する故の恨みのために流れた真っ赤な血を忘れる事は
できないだろう……）しかも君はただの地球の上を歩く
綱渡り芸人にすぎないのだが、ただ地球を歩くことに満足できないでいる
綱渡り芸人

今や私が続けるのは去っていったサーカス団が残した
テーマ——時間、愛情、死亡、孤独、信仰
夢。君はそれで小屋いっぱいの観衆の前で小包を
開けるわけか？　響き渡る笑い声のあとに突然来る厳粛な時間
君はただ地球の内臓をとりだして、拭き、整理し直すだけだ
世界を動かし、陽光を跳躍させ、メスとオスを
エクスタシーに到達させる部品……
彼らは君がどうしてそこに留まっているのかさえも知らない
そこにとどまり（咳と痒みに堪え）

元の場所でとんぼ返りをしている羽のない蝶
だから君は虚空で震えている。びくびくして
空中の縄の上で戯れ言の花園を構築する
びくびくして地球を歩き、人生を
支えている
一本の曲がった竹竿と
一本の虚構のペンで

一九九五年

小都市

彼らは此処に住んでいる。風が少し、雲が少し
一筋の通りがもう一筋と交わり、十字に交わる
街を通って、風に吹き飛ばされていった樹影を彼らは
拾ってくる。門柱の上に括られ

磨き上げられた心も一緒だ。十字と十字が
連結してチェック柄となり、ひとつひとつが
棋盤の上にあるようである
彼らは農作をして魚を取り猟をする。相三進五
馬2進4。炮六平三。車8進1
彼らが他の人々に会うと、布を抱いて糸を貿（か）い
投桃報李（とうとうほうり）のつきあいがある
吹き飛ばされた樹影のいくつかは他のいくつかの樹影と
親戚になる。いくつかは更に遠い池のなかに落ちて
死ぬ。一本の渓流が山の麓から出発して
棋盤を貫き草色の虫の鳴き声とともに、海に流れ込む
渓流と海の水がぶつかり螺旋となって
じっと黙って象棋を見ている彼らを驚かせる——あゝ　洄瀾（ホエラン）！

あゝ、洄瀾！　かれらの名前だ。棋盤の外に溢れだす生命の波浪
低い時は光り輝き、最も高い位置で落下し砕けていく
循環して繰り返されるイメージ音楽
何度も刻まれるレコード盤のように

棋盤を回転させる。一筋の街ともう一筋の街が出会って
交叉して十字となる。彼らは街を通って地震で鍋の外に
放り出された魚を拾って帰る
門柱に釘付けにされた表札も一緒だ
十字と十字が連結してチェック柄になり
ひとつひとつが棋盤のうえにあるようである
彼らは散歩して茶を飲み、歯を抜き、愛を営む。包5進2
傌四退六。卒7進1。兵二平三
一筋の渓流が棋盤を過ぎて、奔流して海に入る
レコード針がレコードの上で溝に沿って演奏するように
時々出てくる雑音は風に吹き飛ばされていった樹影
何人かに拾われて来て彼らに返された
彼らは此処に住んでいる

一九九五年

訳注――「相三進五」「馬2進4」等はそれぞれ、将棋の一種、象棋の手の動きを示す。「布を抱いて糸を貿い」は布幣で絹を買って、女性に求婚すること（『詩経』「衛風：氓」）。「投桃報李」は友人として、互いに贈答の礼があること（『詩経』「大雅：抑」）。

家具の音楽

椅子の上で本を読み
机上で字を書く
床板の上で眠り
クローゼットの側で夢を見る

春には水を飲む
(コップはキッチンの棚)
夏には水を飲む
(コップはキッチンの棚)
秋には水を飲む
(コップはキッチンの棚)
冬には水を飲む
(コップはキッチンの棚)

窓を開けて本を読む

デスクライトを点けて字を書く
カーテンを引いて眠る
部屋の中で目が覚める

部屋の中には椅子
と椅子の夢
部屋の中には机
と机の夢
部屋の中には床板
と床板の夢
部屋の中にはクローゼット
とクローゼットの夢

私が聞く歌の中に
私が喋る話の中に
私が飲む水の中に
私が残す沈黙の中に

一九九五年

フォルモサ　一六六一

神のお陰で、血と尿と大便はこの土地
に混ざっているが、私はずっと牛皮
の上に住んでいるのだと思っている
十五匹の布で牛皮大の地を交換?
現地人は知らなかったのだろうか。牛皮を
細長く切れば、あらゆるところに存在する神の霊
のように大員島全体、フォルモサ全体を囲うこと
ができるのを。私は鹿肉の味が好きだ
蔗糖、バナナが好きだ。東インド会社がオランダ
に運んだ生糸が好きだ。神の魂は生糸のように
なめらかで、神聖な清らかさをもっている。それ
は毎日少年学校で綴り方、書法、祈禱、教義問答
を学んでいたバクロアンとタボカンの少年を
照らした。おゝ　主よ。彼らの話すオランダ語は
鹿肉の匂いがするそうだ（私が説教しているとき

に、よく出てくるシディア語のようなものだ）おお
主よ、タリウで、私は既婚の女子と少女十五人
に神への祈り、ゴスペル、十戒、食前食後の祈り
を教えた。マタウで、私は既婚の若い男子と
未婚の男子七十二人に各種の祈り
教えの要点、読書を教えた。そして丁寧に教理
問答の大切さを教えて、その知識を
広げさせた。あゝ　知識は一枚の牛皮のようだ
折りたたんで旅行バッグにいれて、ロッテルダム
からバタビアまで旅行して、バタビアから
この亜熱帯の小島に来て、広がって我が陛下
の田圃となる。神の国は二十五戈の帯に分けら
れ東西南北に広げると一甲となり三張犁、五張犁となる

ゼーランジャ街、公秤所、税務署、劇場の間にそれ
は一枚の旗のようにはためいて、遙かに
プロビンシャ城とともに微笑みあっているのが見える。
あゝ　知識は人に喜びをもたらす。すばらしい食事

のように、豊かな香料のように（ただ彼らが絹インゲンの煮方を知っていることだけを希望するのだが）オレンジはタンジェリンより大きくて果肉は酸味があり皮は苦い。しかし塩とオレンジを入れた夏の水はベッドの愉しみよりもいいことを彼らは知らない。チロセンでは既婚の若い女性三十人に各種の祈禱をさせ簡化要項をさせ、新港では既婚の男女百二人に読み書きをさせた。（あゝあのローマ字で書いた土着語の聖書には欧州のジンジャーで料理した鹿肉の美味を感じる）ファボラン語の伝道書、シディア語のマタイによる福音書、文明と原始の婚姻。神の魂をフォルモサの肉へ　あるいはフォルモサの鹿肉を私の胃袋、脾臓へ入れ、我が血、尿、大便にして私の魂としよう。マサカリと大刀を帯びてジャンク船とサンパンでやってきた中国の軍隊が更に大きな牛皮を我々の上にかぶせようと企図しても、私はずっと牛皮の上に我々が住んでいるのだと思っていた神はすでに私の血、尿、大便を土着の人々のものと混じらせ、この土地に文字のように焼き付けている。この新しいスペルの文字を包み込んだ牛皮は断裁されて一枚一枚のページとなり、神の魂のように広大な音と色とイメージと匂いが込められた辞典になることを、私は望むばかりだ。

一九九五年

原注——バクロアン（Bakloan、目加溜湾）とタボカン（Tavocan、大目降）、タリウ（Dalivo、他里霧）はどれも平埔族の社名である。シディア語、ファボラン語は皆、平埔族の言語。シディアは今のシラヤ。ゼーランジャ街はオランダ時代（一六二四―一六六二）に、オランダ人が大員島（今の台南安平）に建設した街。プロビンシャ城（今の台南赤嵌楼）もオランダ人によって建設された。当初、オランダ人は十五匹の布と交換に原住民から牛皮大の土地を手にいれる契約をした。内容は「皮を剪って縷とし、それで囲まれた内」とした（「剪皮為縷，周囲里許」、連横：《臺灣通史》）。戈はオランダ人の計量単位であり、一丈二尺五寸に等しい。四辺がそれぞれ二十五戈というのが、一甲であり、五甲は一張犁である。台湾におけるオランダ宣教師の伝教についての描写は、〈台湾基督教教化関係史料〉（《巴達維亞城日記》第三冊、村上直次郎日訳、程大学中訳、台北、一九九一）を参照した。

島嶼飛行

彼らが口をそろえて私を呼ぶ声が聞こえる
「珂珂尓宝、早く降りてきなさい
遅れますよ!」
立っている者や、座っている者、蹲っている者
もう少しで出そうな名前が出てこない
幼い友人達

彼らが集まって
私のカメラのファインダーの中に集まっている
一枚の小型の地図のように——

馬比杉山　卡那崗山　基寧堡山
西基南山　塔烏賽山　比林山
羅篤浮山　蘇華沙魯山　鍛錬山
西拉克山　哇赫魯山　錐麓山

魯翁山　可巴洋山　托莫湾山
黒岩山　卡拉宝山　科蘭山
托宝閣山　巴托魯山　三巴拉崗山
巴都蘭山　七脚川山　加礼宛山
巴沙湾山　可楽派西山　鹽寮坑山
牡丹山　原荖脳山　米桟山
馬里山　初見山　蕃薯寮坑山
楽嘉山　大観山　加路蘭山
王武塔山　森阪山　加里洞山
那実答山　馬錫山　馬亜須山
馬猴宛山　加籠籠山　馬拉羅翁山
阿巴拉山　拔子山　丁子漏山
阿屘那来山　八里湾山　姑律山
與実骨丹山　打落馬山　猫公山
内嶺尓山　打馬燕山　大磯山
烈克泥山　沙武巒山　苓子済山
食祿間山　崙布山　馬太林山
卡西巴南山　巴里香山　麻汝蘭山

馬西山　馬富蘭山　猛子蘭山
太魯那斯山　那那徳克山　大魯木山
美亜珊山　伊波克山　阿波蘭山
埃西拉山　打訓山　魯崙山
賽珂山　　　　　　大里仙山
巴蘭沙克山　班甲山　那母岸山
包沙克山　茎茎園山　馬加祿山
石壁山　依蘇剛山　成広澳山
无楽散山　沙沙美山　馬里旺山
網綢山　丹那山　亀鑑山

一九九五年

原注――「珂珂尓宝」は山名で中央山脈三叉山支脈に属して、花蓮県内に位置する。

鏡の猫（一九九六―一九九八）

根雪　三首

尋芳

昭和十三年に出版された『躍進東台灣』の中で昭和六年正月号の雑誌『台灣パック』所載の「臺東廳管内美人」の読者投票の要領が書かれていたのを見た。「甲種、一般家庭の婦人。乙種、花柳界の婦人。」……投票入選者の賞品は次のようなものであった。「一等、十八金製指環一個。二等、置時計一個。三等、台灣パック六箇月分。四等、同　三箇月分。五等、風呂敷一枚」。開頭の写真には影印の後でも相変わらずの艶やかさで「花蓮港の名花」達がみえる。彼女達が同じような賞品を得たのかどうかはわからない。かつて、私が生まれ育った花蓮港の街で酒を呑み、歌をうたい、化粧をして、化粧を落とし、涙を流し、微笑んでいた美人達――

カフヱーギオン會館　幸子クン
カフヱータイガー　真澄クン
カフヱーギオン會館　みくにクン
花家　阿守クン

東臺灣に於ける花蓮港の名花

カフヱーギオン會館　草苗クン
東薈芳　阿快クン
カフヱータイガー　芳枝クン
寅記樓　阿蜜クン
カフヱータイガー　萬里子クン

彼女達は私の幼い頃、少年時代、大人になってからもずっと一緒だった。それぞれの黄昏に指輪、置時計、雑誌、風呂敷をもって、私と共に移り変わる看板を過ぎ女給達のいるバーやカフェを往来しひそやかに香る記憶の花園にもどっていく。

黒い羊

高校を中退して外で遊び呆けている下の弟は三兄弟の中の黒い羊である。脚に青龍の刺青を入れているが、母親と同じく柔弱な奴だ。母親は自転車で仕事場に通いながら、ずっと借金を返し続けて人生を過ごしてきた。一番下の息子が正道に戻ることを願っている。母は何度か彼にバイクや車を買ってやったのだが、どれも結局どこかに消えてしまった。私が知らない間に、また借金して彼に車を一台買ってやったらしい。白い車で、冬の朝霧のように白い。その日の朝、私は上海街に戻り彼女が雑巾をもってひそかに路肩に駐車していた白い車に近づくのを見た。あたかも黒い羊を拭いて白くしようとしているかのように、彼女はそっと力をいれてその車体をずっと手を休めず拭いていた。白い車はたぶん近いうちに見えなくなることを彼女は知っているからで、黒い羊が眼を覚ます前に白い皮を縫い上げなければならないからだ。

櫛

私の櫛で君の髪を梳く　櫛は時の流れで作られた
君の髪で私の櫛を洗う　髪は根雪を溶かし春になった

一九九六年

蝶の風

「南半球の一万の蝶達が羽を動かすと、北回帰線のあたりでは、愛され捨てられた女の夏の午睡の夢に台風が起きる」

あなたの部屋の化粧台の上にあった本。カラーイラスト入りの気象学の本だ。そこでこの文をみつけた。ああ、金属の壁とガラスの床の記憶の楼閣。一度入り込んで、鍵を無くしてからは入れなくなった。そこに君はネイビーブルーの眉墨でラインを引いていた。「これらの蝶は恋をうたった詩を主食にしている。特に胸痛むものが多く、一口で飲み込むことができないので何度も噛む必要がある……」

君の元にもう一度行く道を何度も考えている。昨日を分屍して、一匹の蜘蛛のように君のいるビルにぶら下げてみようか？　一枚一枚の蝶のスタンプに乗せて、渇望と絶望を小包に詰めて君の玄関に運ばせようか？　その緊密に閉じられて、滑りやすい金属の壁は上ってゆくあらゆる爬虫類を滑り落とさせることだろう

私はそれで待っている。南半球の蝶達が羽搏き、君の夏の午睡の中で台風を起こすことを。悲しみによってひそかに現れた蝶の影を波打たせ、その心の扉と窓を叩くことを。詩の中のまだ十分に消化されていない疑問符、読点が小さなスクリュードライバーのように君の記憶を呼び起こすことを。枕元の昔の香水瓶の蓋を緩め、中に入っている虫の声、犬の鳴き声、鼻を失ったピエロの歌、かつて二人で聞いたものを再び君が聞き始めることを。二人

で流した汗の匂いや泥の香りを再び嗅ぐことを
深い湖底での止むことのない夏の対話

私の目は押しピンのように君のいる経度と緯度の所をずっと見つめている。ただふたりの心は今や両極に離れてしまった。私はただ詩が書けるだけだ。一篇の悲しみの詩、南半球の蝶が餌を求めて争い、一万の羽が搏き、北回帰線付近のビルの金属壁の後ろにいる君の夏の午睡の夢に台風を起こすために

一九九六年

高速なマシン上の短い旅行

声を抜け　ちょうど海に出会い　楓樹の

波

雪

暗
夜

一九九七年

鏡の猫Ⅵ

便器は猫の花火
排泄物の後に
渦巻く水の爆竹
短くプライベートな祝典

あなたの体臭、尿の味、糞の臭いを融かし
私の嗅覚、聴覚と視覚を融かし
天国の音楽
悪の華

一九九七年

嫉妬者へのタンゴ

もし君が愛をあたかも皿洗い機のように
抱きすくめるなら、他人の舌で舐められたたり
肢体のナイフやフォークで切られた皿の上の
油の染みは無視しよう。蛇口をひねって
洗い流すがいい。忘却は最高の洗浄剤
華やかに麗しく、輝いていた部分だけを覚えておくといい
容器、特に磁器は壊れやすく、よく水で流してから乾かすことだ
何も起こらなかったかのように、明日の朝食を

生まれ変わったように迎えられるだろう

特に生命がしだいに昼時に近づくか、過ぎてしまったら、
若い不安が君のところにまた戻ってくる
君は受話器をとるのだが、電話は通じない
猜疑と焦燥でさらに見えない恋敵に
ところかまわずその人に電話をかける
かけてかけて（あゝ　なんという便利な
現代の通信）　そう、君に答えるのは
空っぽのおわんのような午後。この時とにかく一度、
皿洗い機のコードを抜き、絡まった電話機のコードを
復讐ソースをつけたつもりで
パスタのように呑み込むのだ
皿洗い機はすぐにその優雅でない所を洗い流すだろう

しかし夜の暗闇はさらに大きな皿洗い機
悲しみの中でかつての皿がすべて君に向かって
投げつけられる。洗い落ちない星の光が皿の底に張り付いている

あの動いている機械音は無視しなさい
静寂な宇宙の中で取り去ることのできない音
食べ残された魚の骨のように君を取り巻く影は
無視するがいい、もし彼女が君のそばにいないなら
魚の骨が木になるなら吐き出せばいい
ひとつずつ組み合わせて、新しい詩句にするがいい

一九九八年

飢餓を論ず

甲は飢餓の身体論を使えという
乙は気をつけろという

君が去ってからの、からっぽの部屋
空っぽの浴槽

私は飢えている

十四行（ソネット）　三首

3

どういうモノを永遠っていうのかしら、と君が聞く。いつも私達は
一皿のアイスクリームを食べ終らないうちに、パンナ・コッタに
舌を伸ばすからだ。レモンパイももともと好きだし（ぼくは
それを君の胸もとに隠している）、チェリーソーダ、チーズケーキ
ニョニャケーキ、タピオカココナッツミルクも欲しい
渇望とは、味わいとは、永遠のグルメの渉猟とは
カップや皿が入り乱れ、東が白むまで食べ
更にまた昼夜兼行で続ける。永遠に終らない画面
いつも私達は一つのチャンネルを見ながら他のチャンネルを

一九九八年

録画して、早回し、あるいは逆転させて一方を見ながら
もう一方で満腹するまでたべられるおいしい映像と音を探す
私達は指弾される官能を飼って、それが時間の租界で色香がそろった
幻の都市を建設するのを容認している。永遠とはなんだろう？
それに答える前にまず、君をきれいに舐めさせてほしい

4

真夜中、彼らがテレビでワールドカップを見ている時に
もうひとつのワールドカップが君の胸元でひっそりと展開する
あゝ　君の二つの乳房の半球でつくられた聖杯。私達だけの
唯一のワールドカップ。気をつけてね、と君がいう。しっかりと守りながら
目で攻めるといいわ。けっして荒っぽく手や足の指十本を出してこないでね
その時、フランスチームの右翼がちょうどチームメイトからのパスを受けて
勢いよくシュートした。もう少しで、ブラジルのゴールに入るところだった
渇望はいつも満たされていることよりも勝っていると君が言う。ゆっくりと君の
創意にみちたウイットが次第に楽しめるようになった。慌てて出すことはない
フランスチームがまたコーナーキックを得た。十番が力をいれてジャンプし
ヘッディングでゴールし、観衆の歓声が雷鳴のようになり、ただ君だけが

静かにぼくを見ながらいうのだ。私の音もなく流れる汗を呑み
私の門をたたき、私のトーナメントを始めるのです
想像と期待で合成されたワールドカップ

9

地震はまだ私達が話したことがない話題だ。昨日嘉義で
大地震があり、家屋が倒壊、道路も地滑りがおきた。今日
花蓮では余震がつづく。一番大きかった時の震源は君の
寝床の中だった。地面にちらばって落ちたのは私達のためいき
地震がおわっても余韻がまだつづく……
おかげで私達は治に居て乱を忘れない。もし、すべての
肉体の建築が倒壊したならば、私達の愛をささえているのは
一体なんだろう。傾斜した形而上学。変形してまた変形して遠まわしの
比喩。地震のおかげで私達は治に居て乱を忘れないし
あのうっとりと肉が挿入される感覚の帝国をおもいだす
想いうかべるのは剛毅な円柱、回廊、ひさしを
とび抜けていく流言、猜疑、貧窮、悲哀……
雷鳴と稲光が鍛冶屋の音楽を作り上げ、私達は

地震のなかで感傷的になって、モノを書き、音楽を続ける

一九九八年

島の上で

I

百歩蛇が私のネックレスと歌を奪っていった
私は山を越えて取り戻しにいく
だが母よ、見るがいい
彼は私のネックレスを砕き、渓谷に投げ込み
一晩中流れ動く星の光にした
私の歌声は一粒の涙に圧縮され
黒尾長雉の沈黙の尾羽の上に滴らした

2

私達の丸木舟は神話の海から今夜、この浜辺に漂流してきた
私達の丸木舟は、兄よ、この一行とともに新たに上陸した

3

一匹のハエが女神の臍の下の蠅取紙に飛んできた。
昼がやさしく闇夜をたたくように
親愛なるご先祖様　その股間の未使用の新石器でそいつを軽く叩いてください。

4

私達は死んでいくのではなく、ただ老いていく
老いていくのではなく、羽毛を変化させていく
昔は若かった石の揺りかごで
ベッドシーツを取り替える大海のように

5

彼の釣竿は七色の虹

空からゆっくりと湾曲して垂れ下がり
泳いでいる夢を一尾ずつ釣り上げる
あゝ　その釣竿は七色の弓
潜在意識から飛び出す白黒の魚を一尾ずつ狙っている

6

蜜蜂が地下で振動するので
私達には地震がある。けれども地震は
甘くもなる　もし
わずかな蜜が地表のプレートの隙間
心の隙間から流れ出れば

7

彼女は背中に弟を背負い石の上で歌っていた
歌声を聴いた神が彼女を天上に迎えた
だが彼女は粟を食べたくて、父に

種を三粒もってきて天上に撒く様に頼んだ。
「雷鳴を聞いたら私が粟を
搗いているのだと思ってください」
雷を見たら、彼女の想いがまた引き裂かれているのだと
私達は考えるのである

8

まだ欲望で開かれたことがない彼女の体は
ドアも窓もないコンクリートの部屋
「私の壁にドリルで穴を開けて、母さん
無数のノミが暗黒の時代から飛び出そうと急いでます
私のやわらかく盛り上がった『ハハビシ』から出て
光の洗礼を受けようと」

9

巨人ハルスの股間にはＭＲＴシステムが隠されている
その八キロの長さのペニスはもっとも柔軟な高架橋
急流の渓谷をこえて山脈を跨ぎ
ヒカヤオ社からピアナン社へ延びている
運ばれてエクスタシーを楽しんでいる美しき女達よ
気をつけよう　その肉の橋梁は突然方向を変えて
君達の暗いトンネルに入ってくるかもしれない

10

昼は長く夜はひどく短かい
死の幽谷はあまりにも遠い
親愛なる姉妹達よ　タロイモ畑を
男達に残し、汗は自分達に残しておこう
頭に草取りの鍬を角のように載せて
山羊になって木陰で涼をとろう

君は山羊
私は山羊
男達から離れて仕事からも離れて
木陰でともにあそび　涼をとる

一九九八年

原注――黒尾長雉はタロコ国家公園でみられる台湾特有の希少鳥類である。アミ族の起源については伝説が残っている。大洪水でカヌーに乗って避難した兄と妹が台湾東部の海岸に流れ着いた、というものである。タイヤル族の創世神話によると太古に男女の神がいたのだが、男女の営みの方法を知らなかった。しかしある時、一匹のハエが女神の秘所に留まり忽然と悟った、というものである（アミ族にも類似の神話がある）。サイシャット族の伝説によると、人は老人になっても皮膚を脱いだら若返ることができる、となっている。アミ族の神話によると、虹はもともと、太陽を射落としたAdgusの七色の釣竿だった。また地震の起源についてアミ族が伝説を残している。古代、地上に住んでいた人々が地下の人々と交易する時に、蜜蜂を入れた麻袋を使ってごまかした、ということだ。パイワン族の神話では、弟を背負いながら、岩の上で歌っていた女が神の憐れみをうけて天上に飛んでいったという物語がある。ブヌン族伝説によると、古代にひとりの美少女がいた。彼女の陰部（ブヌン語でハハビシ）はやや腫れていてしかもしっかりと閉じられていた。母親がナイフでそこを開くと、中から無数の蚤が飛び出てきた。タイヤル族の伝説によると、ハルスという巨人がいた。そのペニスが巨大で、それを伸ばすと川が氾濫した時に人々が避難することができた。しかし、美女を見ると性欲が起こるのだった。プユマ族の伝説は以下のようなものである。古代に二人の仲のよい少女がいた。ある日、山のタロイモ畑で働いていた。暑い天気で木陰で涼をとっていると気持ちがよく、遂には草取り用の道具を頭に置いてヤギになってしまった。

苦悩と自由の平均律（一九九九―二〇〇四）

アルミホイル

私を飲め
私の血を飲め
私のミルクを飲め
私の唾液を飲め
私の肉汁を飲め
私の愛液を飲め
私の痙攣を飲め
私の不貞を飲め

賞味期限のうちに
（製造年月日は棺の底にあり）

二〇〇〇年

海岸詠嘆

あの頃の海の記憶は浜辺の砂粒のようにたくさんある。南浜の堤防を下っていくと、私達は一匹の蟻になり、ずっとずっとずっと歩かなければ海に到達しない。広い浜辺だったね、と君も云うことだろう。優美な夢のような曲線で海岸が君の成長した小さな街を囲む。君はただの子供で蟻ほどの大きさの子供に過ぎない。しかしこの角砂糖や粉砂糖の浜辺はなんと甘く美しかったことだろう。あの青い海はまさに青いケーキ。しかしその香りも材料もよくわからない。毎日それは異なった青と異なった風貌を呈しているからだ。神の料理本は海より大きく、そのケーキのレシピは浜辺の砂より多い。あの白い波はもちろん、神の唾液。君は毎日、少しずつこっそりともって帰ろうとしているが出来ないでいる。その甘さがあまりにも負担だからだ。そこに残しておけばいい。ずっと公開されたたま、神や人、蟻のように小さい君が涎をたらすケーキ。

二〇〇〇年

消防隊長が夢で見たエジプトの風景写真

火
火 火
火 火 火
火 火 火 火
火 火 火 火 火
火 火 火 火 火 火
火 火 火 火 火 火 火
火 火 火 火 火 火 火 火
火 火 火 火 火 火 火 火 火
火 火 火 火 火 火 火 火 火 火
火 火 火 火 火 火 火 火 火 火 火
火 火 火 火 火 火 火 火 火 火 火 火
火 火 火 火 火 火 火 火 火 火 火 火 火
火 火 火 火 火 火 火 火 火 火 火 火 火 火
火 火 火 火 火 火 火 火 火 火 火 火 火 火 火
火 火 火 火 火 火 火 火 火 火 火 火 火 火 火 火
火 火 火 火 火 火 火 火 火 火 火 火 火 火 火 火 火
火 火 火 火 火 火 火 火 火 火 火 火 火 火 火 火 火 火

火火火火火火火火火火火火火火火火火火火
火火火火火火火火火火火火火火火火火火
火火火火火火火火火火火火火火火火火
火火火火火火火火火火火火火火火火
火火火火火火火火火火火火火火火
火火火火火火火火火火火火火火
火火火火火火火火火火火火火
火火火火火火火火火火火火
火火火火火火火火火火火
火火火火火火火火火火
火火火火火火火火火
火火火火火火火火
火火火火火火火
火火火火火火
火火火火火
火火火火
火火火
火火
火

二〇〇〇年

孤独な昆虫学者の朝食用テーブルクロス

虭虮虯虰虱虳虴虷虹虺虻虼蚅蚆蚇蚊
蚋蚌蚍蚎蚐蚑蚓蚔蚕蚖蚗蚘蚙蚚蚜蚝
蚞蚡蚢蚣蚤蚥蚧蚨蚩蚪蚯蚰蚱蚳蚴蚵
蚶蚷蚸蚹蚺蚻蚼蚽蚾蚿蛀蛁蛂蛃蛄蛅
蛆蛇蛈蛉蛋蛌蛐蛑蛓蛔蛖蛗蛘蛙蛚蛛
蛜蛝蛞蛟蛢蛣蛤蛦蛨蛩蛪蛫蛬蛭蛵蛶
蛷蛸蛹蛺蛻蛾蜀蜁蜂蜃蜄蜅蜆蜇蜈蜉
蜊蜋蜌蜍蜎蜑蜒蜓蜘蜙蜚蜛蜜蜞蜠蜡
蜢蜣蜤蜥蜦蜧蜨蜩蜪蜬蜭蜮蜰蜱蜲蜳
蜴蜵蜷蜸蜺蜻蜼蜾蜿蝀蝁蝂蝃蝆蝌蝍
蝎蝏蝐蝑蝒蝓蝔蝕蝖蝗蝘蝙蝚蝛蝜蝝
蝞蝟蝠蝡蝢蝣蝤蝥蝦蝧蝨蝩蝪蝫蝬蝭
蝮蝯蝳蝴蝵蝶蝷蝸蝹蝺蝻螁螂螃螄螅
螇螈螉融螏　螐螑螒螓螔螖螗螘螚螛
螜螝螞螟螢螣螤螪螫螬螭螮螯螰螲螳

螴螵螶螷螸螹螺螻螼螽螾螿蟀蟂　蟃
蟄蟅蟆蟈蟉蟊蟋蟌蟑蟒蟓蟔蟗蟘蟙蟛
蟜蟝蟞蟟蟠蟡蟢蟣蟤蟥蟦蟧蟨蟪蟫蟬
蟭蟯蟳蟴蟶蟷蟹蟺　蟻蟼蟾蠀蠁蠂蠃
蠅蠆蠈蠉蠊蠋蠌蠍蠐蠑蠓蠔蠕蠖蠗蠙
蠛蠜蠝蠟　蠠蠡蠢蠣蠤蠥　蠦蠨蠩蠪
蠫蠬蠮蠯蠰蠱蠲蠳蠶蠷蠹蠻蠼蠽蠾蠿

二〇〇〇年

私達の生活の片隅に

私達の生活の片隅にたくさんの詩が宿っている
ただ戸籍事務所に登録はしていないだろうし
区役所や派出所から表札用の番地をもらったわけでもない
路地から出ると　携帯を打ちながらジョギングしている選手に君はぶつかる
ばつが悪そうに笑うその顔　毎晩若い奥さんの為に

赤いスポーツカーを磨いている向かいの老医師を思い出す
もともと長い詩の　ふたつの段落

物と物は互いに声が聞こえるが往来しているとは限らない
いくつかは浮かびあがって　イメージとなりもう一方に好感を示す
音と匂いはしばしば先に気脈を通じ　そっと消息を伝え合う
色彩ははにかみ屋の小さい姉妹達　家でじっとしていないとだめだ
きれいなカーテン、シーツ、バスローブ、テーブルクロスで飾りたて　主人が帰ると
明かりをつける。一篇の詩はまるで一軒の家のように甘いお荷物　けれど
愛と欲　苦しみと憂いを受け入れ　いいものも悪いものも包み込む

縫ってもらうため　コンドームをもらうために医院に行く必要もない
まあ自分達の倫理、道徳、家族計画を持ってはいるが
家柄が釣り合っているかどうかは必ずしも問題ではない
水はミルクと溶け合い　火と交合することもできる
ヘーゲルは白斬鶏（バイザンジー）を食べるし
黒蠅は白馬非馬を論じられる
やわらかな凶暴さ　耳をつんざく静寂

不倫の恋は詩の特権

或る者は暗喩の陰影　あるいは象徴の樹林の中で生活して
或る者は陽光の中を登ってくる蜘蛛のように開けていて楽観的。また或る者は
風を食べ露を飲んで清談と野合を好み　また或る者は
小部屋に分かれた君の脳の中に透明な紗のように散らばって
しばしば　夢や潜在意識をつむぐ機織り機を動かしている
たくさんの詩は習慣を司る部屋に監禁されてるそうだ。君はドアを閉じ
句を求めてあちらこちらを探して必死で呼びかけ
電子ロバに騎乗してマウスを走らせ　キーをたたいて捜索する
窓を開けると天地が広がり　彼らはそこにいる
雨上がりのアイリス
授業が終わって家に帰る一隊のカモメ
傾いた海の波紋
トマトと豆腐数片が入った鍋を温めている電子レンジ
豆が少し欲しい　君がスーパーに入ると
缶詰缶詰缶詰缶詰缶詰缶詰缶詰缶詰缶詰

缶詰缶詰缶詰缶詰缶詰缶詰缶詰缶詰缶詰缶詰
缶詰缶詰缶詰缶詰缶詰缶詰缶詰缶詰缶詰缶詰
ふとひとつ手に取ると　心がからっぽでそれを
探していたのだとわかる。元来欠けていたので存在していたのだ
缶詰缶詰缶詰缶詰缶詰缶詰缶詰缶詰缶詰缶詰
缶詰缶詰缶詰缶詰　　缶詰缶詰缶詰缶詰缶詰
缶詰缶詰缶詰缶詰缶詰缶詰缶詰缶詰缶詰缶詰

柿ひとつ寂しくレジの上にあり　君が
賛嘆の声をあげる。柿ひとつ寂しくレジの上にあり
一行の字が一戸になる
日本か盛唐の絶句から移民してきたものだと君は考えざるを得ない
しかし　君はまったく気にしない。たとえそれが全部小さなショッピングバッグに
入ったとしても気にはしない

二〇〇〇年

フビライ汗

上都でフビライ汗が
移動できる巨大な宮殿を造るように下命した
「動かないものはいらない。普通の部屋で
変わりのない香水をつけて
同じ風にうめく女達にはもう飽きた。
数だけは万人もいるが……」
企業の経営に秀でたイタリア人の顧問は
細かく計算した上で、側室達を六人一組あるいは
三、五人ずつに分けていった。一度に三晩続けて
違う方位で、違う隊形で順番に君主に仕えた。

美酒、アヘン、蜂蜜、皮の鞭、地球儀
バイブレーター、バイブル、エッチな下着。
「わしはずっと動き続けられるぞ。ずっと興奮が続き、ずっと
征服が続き、いつまでも絶頂感が続くわい――」

しかしこれは数学の問題ではなく
軍事問題でもなく、医学の問題でもない
「これは哲学の問題である」
宮殿の外で重用されなかったペルシアの旅行家が
言った。「時間は変化を懐胎し
最高の媚薬だ」

二〇〇〇年

舌

彼女の筆箱の中に私は舌の一部を入れておいた。すると彼女がそれを開けて新しい恋人に手紙を書くたびに私がぶつぶつ言うのを聞く。ちょうどぞんざいな一連の字が、読点と読点の間で新しく削られた鉛筆の動きとともに、カサカサと音を立てるようにだ。すると彼女は手を止めるが、私の声だとは知らない。私は最後に会ってから一度も彼女の耳元に話しかけていないので、彼女は私がずっと沈黙しているのだと考える。もう一行彼女が書くと、筆画の多い「愛」という字が少し乱れているのに気づく。そして私の舌を消しゴムと間違えて取り出し、紙の上に強くこすりつける。愛の字が消えた後には血がべっとりとついている。

二〇〇二年

迷蝶記

その娘が私の方に来た
一羽の蝶のように　ためらいもなく
彼女は教壇の真ん前に座った
髪に艶やかな色のヘアクリップ
蝶の上に蝶がいるように

この海辺の中学での
二十年間で何羽の蝶が
この教室に入るのを見ただろう
人の形、蝶の形をして青春と
夢を持って

あゝ　ロリータよ

秋の日の午前、

陽光が暖かな日　一羽の鮮やかな
黄色のモンシロチョウが窓から入り
気が散った教師と授業に集中する
十三歳の彼女の間を旋回した

鋏のようにきらめく色と形から
逃げようとして彼女が急に立ち上がる
蝶を怖がる蝶がいて
それを怖がる彼女
美に困惑する私

二〇〇一年

島の上で——ヤミの神話を用いて

I

島は海の傍、海は島の傍にある
我々の島は静止した小船

津波は船を揺りかごにして
波浪は山の上に突き進み、巨石を引き裂く
私は石の中から飛び出してきた
私は人、タウ
男である

津波は船を揺りかごにして
波浪は暗礁の上で砕け、竹林を引き裂く
私は竹の中から飛び出してきた
私は人、タウ

男である

我々は最初に乗船した二人
愛する女もいなかったし
女に愛される男もいなかった

我々は船の上で休み、船の上で寝た
長いペニスは膝の上に巻きつけた

軽く膝を揺らして足を並べて眠りについた
膝同士が心地よく当たり、当たるとますます痒くなった

我々は互いにやさしく痒いところを引っ掻いた
引っかかれた所は更に大きく痒くなった
やがて腫れあがった右の膝から一人の男が飛び出してきた
（あゝ　タウ、人）
やがて、左の膝からは一人の女が飛び出てきた
（あゝ　タウ、人）

彼らはタウ
男同士の愛の完成

2

島は海の傍、海は島の傍にある
我々の島は静止した小船
だが母よ　我々の空は低く
我々の甲板は高い
その巨大な火の球は大きな目をひらいて
我々の頭上でよく燃えていて熱そうだ

隣の巨人のおじさんに手足を伸ばしてもらい
大地を下に押し出し天空を押し上げてもらおう
私は魚採りの銛で
火の球の片方の目を突き刺し
二つの球にした。ひとつは昼間にかかる
太陽で、もうひとつは我々とともに
眠る夜の月

見よ、月が昇った
やさしそうで恥ずかしげな
ユリの花のよう
夜空の深いところから私の銛がゆっくりとおちてくる
昨日　突き刺したトビウオが天に張り付いて
銀河となった

二〇〇四年

原注――ヤミ（タウ）族の創生神話として「石生説」と「竹生説」があり、もっとも一般的なものとしては両者の折衷した説話がある。この説話では最初のタウ（人の意）は二人の男性で、一人は石が破裂して生まれ、もう一人は竹の中から生まれてきたとされる。ヤミの神話では古代の空と大地は大変接近していて、巨人がその手足を伸ばして初めて、その距離が拡げられたとされる。もうひとつの伝説として、太陽が大変低い位置でその光が強すぎたので、ついには二つに分割されたという話がある。

連載小説　黄巣殺人八百万

１０９５

殺殺殺殺殺殺殺殺殺殺殺殺殺殺殺殺殺殺殺殺殺殺殺殺殺殺殺殺殺殺殺殺殺殺殺殺殺殺殺
殺殺殺殺殺殺殺殺殺殺殺殺殺殺殺殺殺殺殺殺殺殺殺殺殺殺殺殺殺殺殺殺殺殺殺殺殺殺殺
殺殺殺殺殺殺殺殺殺殺殺殺殺殺殺殺殺殺殺殺殺殺殺殺殺殺殺殺殺殺殺殺殺殺殺殺殺殺殺
殺殺殺殺殺殺殺殺殺殺殺殺殺殺殺殺殺殺殺殺殺殺殺殺殺殺殺殺殺殺殺殺殺殺殺殺殺殺殺
殺殺殺殺殺殺殺殺殺殺殺殺殺殺殺殺殺殺殺殺殺殺殺殺殺殺殺殺殺殺殺殺殺殺殺殺殺殺殺
殺殺殺殺殺殺殺殺殺殺殺殺殺殺殺殺殺殺殺殺殺殺殺殺殺殺殺殺殺殺殺殺殺殺殺殺殺殺殺
殺殺殺殺殺殺殺殺殺殺殺殺殺殺殺殺殺殺殺殺殺殺殺殺殺殺殺殺殺殺殺殺殺殺殺殺殺殺殺
殺殺殺殺殺殺殺殺殺殺殺殺殺殺殺殺殺殺殺殺殺殺殺殺殺殺殺殺殺殺殺殺殺殺殺殺殺殺殺
殺殺殺殺殺殺殺殺殺殺殺殺殺殺殺殺殺殺殺殺殺殺殺殺殺殺殺殺殺殺殺殺殺殺殺殺殺殺殺
殺殺殺殺殺殺殺殺殺殺殺殺殺殺殺殺殺殺殺殺殺殺殺殺殺殺殺殺殺殺殺殺殺殺殺殺殺殺殺
殺殺殺殺殺殺殺殺殺殺殺殺殺殺殺殺殺殺殺殺殺殺殺殺殺殺殺殺殺殺殺殺殺殺殺殺殺殺殺
殺殺殺殺殺殺殺殺殺殺殺殺殺殺殺殺殺殺殺殺殺殺殺殺殺殺殺殺殺殺殺殺殺殺殺殺殺殺殺
殺殺殺殺殺殺殺殺殺殺殺殺殺殺殺殺殺殺殺殺殺殺殺殺殺殺殺殺殺殺殺殺殺殺殺殺殺殺殺
殺殺殺殺殺殺殺殺殺殺殺殺殺殺殺殺殺殺殺殺殺殺殺殺殺殺殺殺殺殺殺殺殺殺殺殺殺殺殺

殺殺
殺殺
殺殺
殺殺
殺殺
殺殺
殺殺
殺殺
殺殺
殺殺
殺殺
殺殺
殺殺
殺殺

（続く）

二〇〇四年

小宇宙Ⅱ（二〇〇五—二〇〇六）

小宇宙Ⅱ（抄）

12

大武の海、車窓から見ると平たく整った
冷ややかな青いケーキ、汽車が動き出すと
海は冷蔵宅配便用の透明食品棚になる

17

風のアパート。一万の
カップルが集団妊娠する
花粉のホームパーティ

33

丁寧にサービスをし、きれいにテーブルを拭いて、
ウェイトレスは、その滑らかな腕にそそがれた
脂ぎった君の視線を拭う難しさには気づかなかった

47

君の声が僕の部屋に
こもって沈黙を切り裂き
寒暖で話す電球となる

57

路肩にとまって横たわり鼻に
かかる青空を眺める鼻先に虫が一匹
その時、僕の体は郷里の山並みと化した

60

芭蕉には俳句をまかせ、奥の細道へ
向かって頂く。僕の芭蕉(バナナ)は
君の奥の細道の事を書くことにした

63

小指に傷があって鼻をほじくれない

今夜の星の光は暗い鼻孔にある
鼻くそのようで落ちそうにない

64

午前中、強い地震があって化粧台の母の
真珠のイアリングが消えた。午後に強い
地震があって、母の真珠のイアリングが戻った

66

地震が監獄の周囲の大きな壁を崩し
脱獄者でまだ捕まっていない中に、二匹の
シェパード、鼠八十六匹とゴキブリがいる

69

最大なのは誰——宇宙？　皇帝？　神？
死？　Gカップブラ？　食べること？　——
俺はまず糞をしよう

72

神の不在によって人は神話をつくり
死が生よりも大きい場所をとり、お化け話が続く
人間らしいことを言えよ、「くそったれ」

74

ここで生活してここで散歩してここで眺望をしてここで汗を流す
墓碑／盾／手紙／家／キーボード／スケートボード／方舟
ここで叛き、ここで騒ぎ、ここで書き、ここで埋葬される

92

マウスを飼ったことのない曾祖母にe-mailをかき、
愛と死を談じた。彼女はカミナリで書いた最も古い
返信をよこした（かつまた転送するように命じて）

94

来たれ　皆の者、懸鈎子バラ　が咲いた

春の姿態はあでやかにして
腐敗している

98

ポケットの中で一夜の宿を、死にささげよう
君の好奇心や臆病さを試すために食べたり、
眠ったりできるが、まだ正式に営業しているのじゃない

99

我々は詩の形式にますます嵌められているが
世界は依然としてバベルの塔のように混乱して
虚構にたよって、我々は傾いた書を維持している

二〇〇六年

軽／慢（二〇〇六—二〇〇九）

軽騎士

突然分かったのだが、この世界はもともと人々と神が合同で経営している小さなレンタルバイク屋なのだ。荷物はこのうえなく重いが我らはそれぞれ空間も時間も占有しない軽量のバイク。我らの魂はそれぞれの体に乗って、この世界のでこぼこな山河渓谷、高層ビル、田地、陰道、陽物、昼と夜を走り過ぎている。薄い紗が軽くからだの表面の皮をかすめていくように、そよ風が水面をそっと掠めていくように、我らは軽薄に股の下の世界に対して植物的、動物的、鉱物的、愛玩的、精神的、肉体的、宗教的、哲学的、厳密的、趣味的、商業的、学術的、構造的、策略的、理論的、臨床的な「一次的」な騒動を起こす。こんにちは、親愛なる気象達よ。私は君達の厚い祝福と束縛を載せることができる。こんにちは、親愛なる先生方。私は君達の厚い戒めと後悔を載せることができる。こんにちは、親愛なる祖母達よ。私は君達の厚い纏足の布と電話帳を載せることができる。こんにちは、親愛なる覗き屋の諸君。私は君達の厚い面の皮とまぶたを載せることができる。影を貫く地図では経度緯度はかくも重く、速度はかくも軽い。光を貫く地球儀では海と空の寝台はかくも重く、青色はかくも軽い。次第に軽くなるエンジンの音の中に入ってくるのは次第に軽くなる軽金属、軽工業、軽音楽、軽歌劇、軽文明、軽道徳、軽い死、軽い永劫……

二〇〇六年

アダージョ

窓辺に坐って祖母は
(彼女によると、
十七歳の時だ)
遠くの雲がゆっくりと山頂に
移動して鏡の中の自分の
髪になるのを待っていた。
一匹の猫が芝生を通り過ぎ
(豚だってできるが
今は違う)
芝生の中央の彼女がよく坐る
小さな籐椅子にぶつかる
彼女はラジオをつけて
降雪のニュースを聞く
でも芝生は青々としている

急にバニラアイスを
食べたくなった
パンノキが芝生の端に立っていて
午後の間ずっと
動かない
もう一方の端では
胡麻の花が咲いていて、　時々
姉妹達とおしゃべり
静かな木は詩で
話している花も詩
祖母はこう思っている
彼女が頭をもたげて見ている
私はカバンを背負って
芝生を横切り、　小さな籐椅子を
直してドアを開けて
部屋に入って見ている

窓辺に坐って祖母は

（彼女によると、
十七歳の時だ）
遠くの雲がゆっくりと山頂に
移動して鏡の中の自分の
髪になるのを待っていた。
一匹の猫が芝生を通り過ぎ
（豚だってできるが
今は違う）
芝生の中央の彼女がよく坐る
小さな籐椅子にぶつかる
彼女はラジオをつけて
降雪のニュースを聞く
でも芝生は青々としている
急にバニラアイスを
食べたくなった
パンノキが芝生の端に立っていて
午後の間ずっと
動かない

もう一方の端では
胡麻の花が咲いていて、時々
姉妹達とおしゃべり
静かな木は詩で
話している花も詩
祖母はこう思っている
彼女が頭をもたげて見ている
私はカバンを背負って
芝生を横切り、小さな籐椅子を
直してドアを開けて
部屋に入って見ている

二〇〇六年

仕事

彼女は自分が「仕事」になる夢を見た。なぜなら、「仕事が一番好きなんだ」と彼が言うからだ。長年、彼に近づきたい、摑まえたいと思っている彼女だが、彼の心と軀をずっと占有するのは不可能である。今度、やっと願いがかなった。夢を見た。小さな紙の上に書かれた「仕事」という二字になって、彼の財布のなかへ放り込まれたのだ。ズボンの左のポケットに入る。安心して横たわり、彼が歩き、話し、仕事をして、休んでいる時、また彼と客といいちゃつく時でさえもその軀——特に下半身だ——が高ぶり、感動し、疲弊し、沈み込むのを感じた。これまでここまで彼に接近したことがなかった。「あゝ『仕事』はほんとにいいね」夢の中で彼女は満足して微笑み、眠り込んだ。

二〇〇六年

夜歌二題

1 不眠症の女の歌

一晩中、家族と
隣家からの鼾が河の流れのように
私の脳味噌のなかを流れる

私の脳はうなりくるう除湿機
ぽとりぽとりと次から次に水滴が
からっぽの水槽に落下し
満杯になった水は河の中へ流し込む
全世界の鼾が争って
そこに集まり目の前で大海となる
目線は海の底深く向かうが
私自身は岸辺にずっと座っている
夢が頭皮のフケになり
足元で砂のように堆積した

2 夢遊病の女の歌

ねむりながら、自分がすでに寝ている事を知らない
生きてはいるが、人生が夢のようなものである事を知らない

目を閉じて地球の上を漫遊しているが、卵の殻の上を
歩いている事を知らない
周囲はつるつるの夢の断崖

私を誘い込んで骨身を削らせる

恋人のベッドの前に来て
歯ブラシを手に、歯磨きで彼の革靴をみがく
私達の誓いの旅の準備をするのだ
彼は寝ていて、ふたりの夜がまだまだ長いことを知らない

恋仇の窓の前に行き
そのカーテンを閉じて、彼女のオンドリの
咽喉を掻き切り、彼女の目覚まし時計のぜんまいをねじ切る
彼女がずっと眼を覚まさず、永遠にお日さまを見ないことを願っている

生きていても、静かに生きていたくはない
眠るにしても、ここで寝たくはない

二〇〇七年

スローシティ

山はゆっくり
風もゆっくり
雲もやわらかくゆっくり
キツツキが字を打つのもゆっくり
パンがパンの木から落ちるのもゆっくり
海がティッシュペーパーを引き出すのはとても速い

汽車もゆっくり
新聞もゆっくり
銀行強盗の悪党が銃を抜くのもゆっくり
政党が交替するのもゆっくり
百貨店の開店もゆっくり
阿卿おばさんが窓を閉めずに入浴したニュースは速く伝わる

午後もゆっくり

光もゆっくり
哲学者が豆花を食べるのもゆっくり
雪とつながるのもゆっくり
夢が賞味期限になるのもゆっくり
快楽が分類されて回収されるのは速い

二〇〇八年

台風

心よき精霊達が
空から人類に送る大袋
色とりどりの宣伝ビラ
さまざまな味わいの情報を
私達に送ってくれる

天は高く

神がけっして私達を試すことを
忘れないのを知っている
彼らは努めて一日の休暇を与えてくれ
何もかも忘れさせてくれる
何が試されているのか考え
すべての復習をさせてくれる

夜を徹してドラマティックな調子で
家をたたき窓を揺らし
眠れない私達のために何度も
重要な点を示し
並木を倒し、看板を
投げ落とし、停電させて
あらゆるところにマークを残して
神の罠にかからないように警告してくれる
わずかな点も逃さず
点線のような水漏れの後を
壁に残して私達に注釈をしてくれる

子供のときに勉強したことを思い出すようにしてくれる
決壊した堤防
水没した机やベッド
すばらしい夏の午後に水辺で遊んでいて、突然
いなくなった中学の友人
大きくなってから
恋の狂喜のために
眠れない夜
さらに大きくなって
恋の痛みに
眠れない夜

一晩の間
棚卸と目算をさせてくれる
持っているもの、失ったもの
間違っても再度決して犯してはいけなかった間違い
決して見逃してはいけなかった幸福

何度も何度も神が
私達に与えてくれる試験

友好的な風船
精霊達のシャボン玉が
軽く、あるいは強く吹かれる
あちこちで配られる学びのパスポート
いのちの広告

二〇〇八年

稲妻集

I

宇宙よ受け取れしか、わが一閃にして過ぎゆきし伝言、我が小宇宙

2

汝がみ胸のキャベツはよく肥へ給へり、われらの視線にて覆われ、灌漑を受く

3

春の夜――かの娘、詩の躰にて心病めしおじの幾年か表に晒せし下半身をむかへり

4

雨粒が軒下に落ちて歌を練り、ぽつりぽつりと自慢げなり

5

握り鮨を手に脂ののりたる鮭なりと汝は申されし、肥えたるは刺身より料理し難き心室、心懸かりなり

6

白馬は馬にあらず、大象は象にあらず、旧き痛みは痛みにあらず。如何に有名無実なる物とて、その色、重さ、記憶を物ならざると見るや?

7

形而上なる花枝(イカ)は海に至りて花の海となり、胴体は岸で形而下の砂とならん

8

思想は山頂に自ら立ちて王為り、修辞の女官を罷免させ給ひて、額の上の限りなき雨を国書と為す

9

黄粱(こうりょう)の一夢。飯炊き器の米の丁度炊きあがりし時、唐(から)の詩人より電話ありて、悲哀は公共財産権たりとぞいいける

10

風檐(ふうえん)に書を展(ひら)きて読めば――字を識らざる雀、窓辺にて有声の書展を挙行す

11

その男、水面岩面のみならず、おなごが声の波紋にまでアクセスせんと欲し、時の助けでその顔面にダウンロードし終へり

12 我が美学の綱領は夜の色より薄く、汝が体香は風の中で自ずから学を成す

13 遠き山が互ひに聴覚を校訂せるを許可せしめよ、毎夜の星明かりはなべて神の寝言の誤訳なり

14 汝ら重きを軽く持ち挙げ、言葉の岩を上げ下げするシジフォスよ。1ccの游絲（ゆうし）が百頓の美感を成し遂げん

15 汝の心の裡に住みたらんと欲する希み我にあらば、汝が肉には我が床にあがらん思いありなむ

16 Shikibu　Shikibu　貴女達の歌が我が爪の上に珠玉を描き、閲する度にチリンチリンと紫

にひびきたり

17 明義国民小学校、我らの日々気の向かふまま散歩せるところなり。日光、月光、羊一頭と我

18 花崗国民中学、我らは悪しき思想、頑固な個性、色情本を広めたるが、未だ黄色くなりて烈士にはならざりし

19 花蓮女子高は電信局の如く稲妻を発し、我らは避雷針の如く一本の傘を持ちて、覆い乍ら恥じらいて歩き過ぐ

20 青春期は大なる一枚の旗なり。背中がまがりて頭はすでに老年にありても、尻は猶旗の影の中

21 かの一軒の時計店の秒針が言へり。我は一軒に二制度を支持するなり。我は自らの空間にて己と遊び、かの人らの時間には関せず

22 否、そは稲妻とは言はざるして、愛と呼ぶなり。然らずんば何ぞ以つて鉄釘の如く尖りて光り、アイスキャンデーの如く心に刺すならむ

23 秋に秋千（ブランコ）を揺らして夏虫を氷を語る蝶にせむ。秋千、千秋、永遠の翼

24 座りたれ、便器も又世界を大同せしめん。男に分あり、女に帰（とつ）ぐ所あり。矜寡（かんか）孤独廃疾者、皆養う所あり

25 稲妻もまた天涯の凡ゆる遊子の如く家に帰らんと欲す。汝見たるか、受け取りたるか

二〇〇八年

原注——Murasaki Shikibu（紫式部）、Izumi Shikibu（和泉式部）、日本の平安時代の女性作家、短歌作者。

訳注——「風檐（ふうえん）」は風が吹きさらす軒端。「花崗国中」（花崗国民中学）は作者陳黎が二十数年間勤務していた中学、ここでは「花崗国では」の意味も含む。また中国広州市の黄花崗に一九一一年四月の広州蜂起で犠牲になった革命人士が葬られている。『荘子』「秋水」に「夏虫不可以語冰者、篤於時也。」（冬まで生きられない夏の虫に氷のことを話しても仕方がない）とある。『礼記。礼運』に、大道が正しく行われると、伴侶を亡くした老人、孤児、独り者、障害者は皆心配なく生活でき、男にはしかるべき職、女は家庭にめぐまれるようになる、とみえる。（「矜（鰥）寡孤独廃疾者皆有所養、男有分、女有歸。」）

白

白白白白白白白白白白白白白白白白白白白白白白白白
白白白白白白白白白白白白白白白白白白白白白白白白
白白白白白白白白白白白白白白白白白白白白白白白白
白白白白白白白白白白白白白白白白白白白白白白白白
白白白白白白白白白白白白白白白白白白白白白白白白
白白白白白白白白白白白白白白白白白白白白白白白白
日日日日日日日日日日日日日日日日日日日日日日日日
日日日日日日日日日日日日日日日日日日日日日日日日
日日日日日日日日日日日日日日日日日日日日日日日日
日日日日日日日日日日日日日日日日日日日日日日日日
日日日日日日日日日日日日日日日日日日日日日日日日
日日日日日日日日日日日日日日日日日日日日日日日日
凵凵凵凵凵凵凵凵凵凵凵凵凵凵凵凵凵凵凵凵凵凵凵凵
凵凵凵凵凵凵凵凵凵凵凵凵凵凵凵凵凵凵凵凵凵凵凵凵
凵凵凵凵凵凵凵凵凵凵凵凵凵凵凵凵凵凵凵凵凵凵凵凵
凵凵凵凵凵凵凵凵凵凵凵凵凵凵凵凵凵凵凵凵凵凵凵凵
凵凵凵凵凵凵凵凵凵凵凵凵凵凵凵凵凵凵凵凵凵凵凵凵
一一一一一一一一一一一一一一一一一一一一一一一一
一一一一一一一一一一一一一一一一一一一一一一一一
一一一一一一一一一一一一一一一一一一一一一一一一
一一一一一一一一一一一一一一一一一一一一一一一一
………………………………………………
………………………………………………
………………………………………………
………………………………………………
………………………………………………
‥‥‥‥‥‥‥‥‥‥‥‥‥‥‥‥‥‥‥‥‥‥‥‥

二〇〇八年

海浜濤声（かいひんとうせい）

春日、大通り、海風

「大濤のひゞく師走の巷かな」
七十年前に出版された『花蓮港俳句集』で
あなたはこう書いていた。潮騒はこの句が書かれた
昭和十年からずっと今まで響き
しかも私が聞いてわかる中国語に訳された
「大濤のひゞく師走の巷かな」

春日通りを私は歩きながら、潮風がそよぐ

「神野未生怨」はあなたの筆名、それとも本名？
中国人が編集した花蓮県誌にはその名がない
公正無私な検索エンジンであなたを掬いとろうとすると
時間の海の中から浮かびあがってきたのは、
ただ一片の空白。この欠落に誰も不満を覚えるものもいないし、当然
神もまた「未だ怨を生ぜず」だ。潮騒がひびく春日

市場の側、銀行前の道を歩いている

この道はかつてあなたの時代は春日通りと呼ばれていて
私の生まれた入船通りに延びている。外曽祖母が襁褓（むつき）の
中の私を抱いて海を見ていた場所、戦後の海浜街に延びている。
父がよく私をつれていった勤務先の木瓜山林場（そうだ
あなたの時代は花蓮港木材株式会社と呼ばれていた）の
事務室はこの「大通り」とよばれていた春日通りにあった
きっとあなたもこの付近で仕事をしていたのだろう

　　　　　　　　春の日、大通り、海風

たぶん今は銀行になっている東台湾新報社
あるいは市場の向かい側にあった花蓮港庁、あるいは
私が後に三十年勤めることになった場所
花岡山のふもとにある花蓮港尋常高等小学校
あなたの先輩、橋口白汀は山上で
野球を観戦した後、高くのぼった薄月と
揺れ動く合歓の木を前にして一句残している
冬雨の飾窓拭く青き男

　　　　海の匂いが風とともに山を吹き過ぎ街を抜ける

あなたが潮騒の響きに感慨を覚えた二ヶ月ほど前の夜

渡邊美鳥女史は向かいの米崙山神社の秋の宵宮祭で
小提灯が山の簪になるのを見た
彼女はたぶん秋の入日を前に
蓄音機を聞きながら葱をきざんでいた
崎原しづ子女史を知っていたことだろう
ひょっとしたら二人は一緒に花岡山の上の
東台寺の山門の夕暮れの鐘を
聞いたかもしれない――打ち終ったかと思われた鐘がまた響き……
再び響いた時には潮騒が幾度も交じっていた

東浄寺を通り過ぎる。雨あがりの道は清く輝き
私達が変奏してうたう詩句が再び書かれているかのよう
ずっと山路海路の遠きをいとわず
来る客を待っている　渓を抜け（木の葉蝶
谷あひ暗き野いばらに翅をしづめけり
手にとらふべく）、しずかに吟じる、狂歌、よべ一と
夜踊りあかせし蕃人が足もしどろに今も踊れる
午後の光が輝き、うち寄する波間をくぐり蕃人は
引あみとりてあらはれにけり

風、打ち寄せる春の日の海は歌集の一枚一枚の頁のようだ
私達は米崙山の前で歌会を行い
詩歌祭をしている　松の木が入り組んで立つ松園で
すぐ近くの海の名を冠した詩歌祭――夕べのそよ風はやさしく
偉大な海は私達に一台の搾汁機を与えてくれた　寄せ返す波
松濤(まつかぜ)、螺旋状の記憶のおかげで
私達の夢のくず鉄と硬く凝結した生命は
風で伝わり、舌と頬と耳でともに味わえる果汁となる

　地震で大通りの氷が揺れ春が近い
たくましく頑固に溶けるのを拒否しているのは
私達の愛撫で詩となり
色とりどりのキャンディ、小石になった
あなた達を故郷に返すための船が離れた後の
入船通りでは、木材株式会社から東部防守司令部になった事務室で
私の未来のおじが缶をとりだして、ひとつぶひとつぶの健素糖を
　あゝ春よ、合法で健康的な淫蕩さ
順序よく、叔母、叔父と私の手の中に入れていく
様々に混じりあった、変わった味。潮風のしょっぱさで

更に甘くなる。羊腸の絶壁みちや灘の春
国家公園の候補地はやっと正式に決定し、
太魯閣では一匹の蝶がその美しさの故に
羽搏きもせず谷間に落ちていった

春日、大通り、海風
二〇〇九年

原注——『花蓮港俳句集』（渡邊みどり編、一九三九）は昭和十四年に花蓮で出版された。大正九年（一九二〇）に花蓮で創刊された俳句誌『うしほ』の同人達の作品を集めたものである。編者の渡邊みどりは大正八年から昭和十三年まで（一九一九—一九三八）の間に発表された六千余句から一〇三六句を選んでいる。この句誌は、「実力から見ると、大正後期の台湾俳壇で第一位を占める」と謂われた。この一篇「海浜濤声」には上田哲二と私が共訳した日本統治期に花蓮の日本人が残した作品を多く使用した。『花蓮港俳句集』のほかに、二種の短歌集『あけぼの』（一九三六）と『八重雲』（一九四四）からも使用している。歌集『あけぼの』は当時、花蓮港で活動していた「あぢさゐ」歌会が刊行したもので、編者は台湾日日新報花蓮港支局に勤めていた渡邊義孝（渡邊みどりの夫）で、作者三〇四人、七百五十余首の作品が入っている。歌誌『あぢさゐ』は一九二七年に創刊され、歌集『あけぼの』が出た時点で短歌三万首がすでに発表され、九年間で会員が残した短歌は三十万首にのぼっている。歌集『八重雲』は渡邊義孝の出版した個人歌集である。これらは花蓮文学において現在わかっている最も早い時期の文献といえるだろう。陳黎、上田哲二訳『台灣四季：日據時期台灣短歌選』（二魚文化、二〇〇八）参照。

訳注——典拠となっている作品と作者名を以下に掲げる。「大濤のひゞく師走の巷かな」神野未生怨、「ゲーム終わるや薄月かゝる合歓の天」橋口白汀、「冬雨の飾窓拭く青き男」小田野青穂、「小提灯秋夜の山を簪したり」渡邊みどり、「蓄音機きゝつゝ葱をきざみをり秋の入日はしづかなりけり」崎原しづ子、「打ちやめしかと思ふにまたもひびき來る東台寺山門の入相の鐘」久永哲也、「山路海路はろけきかたもいとはずて來るとふ人をひた待たれける」城菊雄、「木の葉蝶谷あひ暗き野いばらに翅をしづめけり手にとらふべく」渡邊義孝、「よべ一と夜踊りあかせし蕃人が足もしどろに今も踊れる」松久静江、「うち寄する波間をくぐり蕃人は引あみとりてあらはれにけり」宮川澤水、「米崙山にわがまむかひつ歌会の夕べをあればそよ風の吹く」小野佑三郎、「羊腸の絶壁みちや灘の春」渡邊みどり。なお、東台寺は一九一九年三月、花蓮市花岡山の上に創建された寺。鹽水港製糖株式会社社長荒井泰次の発願で、もとの台北臨済護國禅寺の住職、梅山玄秀禅師による開山。戦後は東浄寺と改名されている。「健素糖」は台湾糖業公司が酵母粉を主要原料にして作っていた栄養補給用のキャンディ。カラフルな色の糖衣で包まれていて、小学生に好まれた。

散文抄

ボイスクロック

私は時間通りにやってくる物売りの声が好きである。

住んでいる家は静かな表通りに面していて背後は小さな空き地になっている。平常、家にいるときは時々音楽をかける時以外は、壁に掛かったカレンダーのように静かな日が続く。時の移り変わりは、総じて黙々と知らないうちに進む。せいぜい、晴れた日に小部屋に差し込んでくる陽光の具合、その明暗で時間の歩みを判断することになる。あるいは、今日どこからか便りがあったとしよう。郵便屋がドアベルを押すと、今午前十時半だとわかる。あるいは、あわてんぼの妻が又鍵を持ち忘れたまま仕事から帰って来て、表のドアで私を大声で呼んでいると既に午後四時だとわかる。しかし私がいつも書き物をしている机を前の部屋から後ろのほうへ移動させてから数日後のことである。自分の頭の中にはたくさんの時計が組み込まれていることがわかった。

それはあの小さな空き地を過ぎていく物売りの声のせいである。

小さな空き地は背後の何軒か人々が出入りする広場になっている。休みの時に子供達が砂遊びやボール遊びをするだけでなく、付近の女達や老人達が毎日集まってくる特別区域になっている。物売り達はいつもその小さな空間で最も必要とされているときに出現する。朝起きて新聞を読み終わると、まだ朝食を食べていないことに気づく。「豆乳に中華マンに糯米飯」というような売り声が窓を開けると容赦なく入ってくる。しかもこれは純正の台湾国語でさけぶ「中華台北」版である。方向を変えると、ゆっくりと小さな台車が近づいてきて録音テープで甘ったるく叫ぶのが聞こえる。「おいしいおいしい美心印のパン、おいしいおいしい美心サンドイッチ、おいしいおいしい美心チョコレートケーキ、美心アイスクリームケーキ……」。時間になるとこれらの売り声が時報のように正確に出現する。

しかしこれらの時計はどれも単にタンタンタンという音や一時間ごとに小鳥が出てきて「カッコウ、カッコウ」と時を告げたりするのではない。彼らの時を告げる方式、出現する時期は世の中と同じように変化と妙味に満ちている。彼らが作り上げるのは物理的な時間ではなく、人間らしい——あるいはさらに正確にいうと情に根ざした時間である。例えば、蚵仔麵線（牡蠣入り極細麺）の後に出現するグアバ売りの爺さんを例に言おう。あの軽快で地元の売り声はいくつかの音節にすぎないが、その変化に富んだ抑揚やメリハリは台湾の古典に戻ったように思えるものである。その長く引き伸ばされた朗誦を聞くがいい。「鹹——芭樂、鹹——甜——脆——、甘——的哦！」。これこそ人間に響く天籟で台湾語の宝物である。民族と土地のすべての生命がしっかりと濃縮されて一句の呼び声に籠められている。もし心の中で何度も学べばきっと「牛犁歌」や「丟丟銅仔」と同じく生き生きと妙味のある旋律を聞くことができるだろう。

午後も遅くなると、寒暖の差が大きくなって売り声もさらにあちこちで聞こえるようになる。熱々の「肉団子、豚の血のスープ、四神スープ」が食べられるようになる。急に寒くなると「芋粿（タロイモと肉の重ね蒸し）、紅豆仔粿、紅豆米糕」やあっさりしておいしい「杏仁露、緑豆露、冷たい愛玉」となる。エビのとろみスープを売っているおばさんの売り声は平板で面白みにかけるかもしれないが、まだ見えないうちに大小の椀をもって大人達や子供達が大勢で出てきて、毎日いったい何人いるのかもわからないくらいである。彼女のエビのとろみスープはとろみスープ界の人士にいわせると、確かに「材料も味も台湾第一」だそうである。

風雨の日はこれらの時計は当然休みで、遅くなったり乱れたりする時である。彼らは悪ふざけをしたりもする。たとえばスカッとしたさわやかな心のように明るく美しい日に聞こえてくるはずの売り声が急に出てこないと、大変気になってくる。たとえばあの手押し車を推して金属の缶を揺らしながら「ヤーキイモ」（日本語）と叫んでいる焼きイモ売りの爺さん。ひょっとして年をとって疲れているのやら、病気で出てこられないのかと心配する。しかし気にして心配しているときに、あの聞きなれた声が流れてくるのである。

これらのボイスクロックは時刻をおしえてくれるだけでなく、何曜日とか、どういう季節なのかを教えてくれる。のんびりと、「ソファーの修理」の車が通ると、週末になったのがわかる。麦芽糖、塩漬けオリーブ粉の売り子は水曜日に現れる。トイレットペーパーと豆腐乳は両方とも日曜日の午後。昨晩、焼仙草（仙草ゼリーを暖めたスイーツ）を食べていても、今日は「冷やし豆花」を売り歩いていて、あなたはまたびっくりするかもしれない。春がたしかに来た。

時計、日めくり、カレンダー。これらの麗しい売り声はにぎやかに、たのしそうに、毎日の生活の舞台で逆巻き、跳ね踊っている。彼らは陽光、青葉、花のようにこの生き生きした街、世の中で不可欠の色彩である。

私は、これらの時計のように正確な物売りの声が好きである。

一九八九年

自分が親孝行な親不孝者なのか、親不孝の孝行息子なのかは知らない。いつも学生に言っている——「母親は小さいときからぼくにしかられて大きくなったんですよ」。子供の時は供え物だったものはすべて食べることを拒否した。食卓の上に供え物を見つけると少なくとも絶食して抗ったし、ひどいときは碗と箸を投げ捨て叱ったものだ。幼い頃、母親に人間の基本的な信仰や崇拝まで捨てるように要求するほど薄情だったわけではない。しかし何度かのデモと抗争のあと彼女は礼拝の形式と回数を最低限にした。しばしば年越しや媽祖の誕生日の時に簡単な果物やサイダーなどをお供えした。果物はかまわない。小さい頃のぼくは嫌いでどちらにしても食べないからだ。サイダーはというと——幼時の私の理論では、蓋で密閉されているので供え物でも安全に口に入れられるものだった。

宗教にたいする私のこの反感はおおかた自宅のまえにある媽祖廟に関係しているのだろう。「聡明で学を好む」私は幼いころから廟の様々で理不尽な喧騒にたえてきた。拡声器で増幅された朗唱の音——木魚、鐘磬（しょうけい）のほかにエレクトーンやらオルガンの伴奏がついている。新年や節句のたびに善男善女に喜捨するように呼びかける。廟の前の広場では「三不五時」のようなろくでもない新布袋劇が上演される……だれかが赤い帳簿を持って、香油銭やらお祈り費とかを集めにくるたびに、財布を持ってお布施を包もうとする母を私はいつも叱った。部屋に入って行き訪問者に私が珍蔵しているイエスの像をしっかり見せて「申し訳ないけど、うちはこれを信仰してます」と言ったものだ。小さい頃から、私はこういうひとりよがりの進歩的理論で、よく自分の母を訓導した。

中学にあがると、家の経済状況が悪くなり困窮に追い込まれた。あの頃、彼女が雇われ人のわずかな給料で、どのようにして夫の借金を返し三人の息子を育てていたのかは知らない。思うに節約する以外にただ耐えていたのだろう——親友のあいだでの冷ややかな言葉に耐え、自分の青春の美しい思い出に耐え、希望が失望となることに耐えていたのだ。特に私が覚えているのは、自分が着ていた冬のカーキの制服だ。月曜から土曜までずっと着て、日曜日に洗っていた。高一の時は丈が長すぎ、三年生になると丈が足らなくなっていた。二年生の時だけちょうどいい具合の長さだった。母は毎日のように私に師範学校を受けるように薦めていたのだが、その声を聞きながら、逆に私は彼女に息子の異才を見る眼がないことを指摘するのだった。「ただ教師になるのを期待するだけ？　息子が人より一等上だってことを知らないのかい？」私は学校で受け取ることができるほとんど全部の賞状、奨学金を家に持って帰った。食卓で彼女は作ったばかりの料理を私に出し、自分では一食、二食前、いや三食前の残り料理を食べる。食卓でそれを眺めながら、再び私は彼女を叱った。「かあさんは算数を勉強したことがないんじゃないの？　昨日の残りご飯を今日食べて明日は今日の分を食べるわけだろ——どうして今日の分を今日食べて、明日の分を明日食べようとしないんだ」。たぶん私は数学が出来すぎたのかもしれない。ただ吝嗇であることまで計算していなかった。ひたすら節約していた母にとって目の前の料理を全部平らげることは無理だったのだ。

師範大学を卒業してから私は故郷にもどって教師になった。受け取った給料は見てもわからない外国語の詩集や画集になるか、ひどく高くて貴重な原版のレコードになった。母は私が一日中、現実離れしたようなものに沈潜しているのを見て、ひどく不機嫌だった。時々、勇気を奮い起こして私に進言した。「いったい何枚のレコードを聞いたら満足するの。そんなに買ってどうするつもり？　あれだけの本、ほんとに必要なの？」「本当に無知なオバサンさんだ！」「音楽って何か知ってるか？　芸術には限りがないんだよ。何枚要るかって？　ベートーベンの交響曲第九に十二枚の違うバージョンを買う人間がいるんだよ！　交響曲第九、知ってるか？　「3345543211233.22」の歌が入ったあの偉大な楽曲だ」。私の罵倒は機関銃のようになり「歓喜の歌」の旋律より長く続いた。

母は私が知っている「偉大な音楽」をたぶん理解してはいなかっただろう。ただ彼女自身が音楽を好きでなかったというのではない。成長した私がこの世界のすばらしい物事に狂ったように沈潜することができたのは、小さい頃に彼女の啓蒙と関心があったからかもしれない。五〇年代、他の家でラジオさえまだない時に、私は幸運にも家にあった巨大なコロンビアのステレオの前で「ペルシアの市場」、「軍隊行進曲」などの世界の名曲を何度も聞いていた。小学生の時は学校でコンサートやダンス発表会の入場券をよく販売していたのだが、各クラスに強制的にあてがわれていた二枚は母がくれたお金で私がほとんど買っていた。

母によって音楽を聞く習慣を身につけていったが、家の暮らし向きが下がるにつれて、私のさらなる欲求を十分に満たすことができなくなっていく。彼女もその頃を思いだすたびによく「ピアノを習わせてやれなくてほんとにごめん」などと言う。中学の時には母にもらった小遣いで一枚十元の台湾版レコードを買いはじめた。すでに片方のスピーカーがこわれていたコロンビアのステレオを通して私の古典音楽に対しての長い悔いなき渉猟が始まった。今はレーザーディスクを聞いている私だが、当時の雑音にみちたレコードから聞こえていたものが不思議に今でもなお鮮明にうつくしく脳裏に残っている。

新聞社主催の詩の公募に応募して多額の賞金を得た時以外、私が詩を書くことを母は好まなかった。詩を書く事が生活する事や楽しみとどうかかわりがあるのか彼女にはずっと納得がいかないのだ。浪費している時間を使って補習授業でもして金を稼ぐことを私に希望していた。時々、自分が書いた詩で母に関係したものがあると読ませるために持っていく。ただいつも彼女はあれこれとほかの話をしながら自分の家事を続ける。それでまた私が罵ることになる。「俺が小さい時、本を沢山読んで勉強しろといったじゃないか？　なんでちょっとしたものをそちらに読ませようとするといつも拒否するんだ。あんただって少女のときはまじめにがんばってたわけだろ。なんで向上心がなくなるんだよ？」いくら罵られても、彼女はやはり十八インチの白黒テレビを大事にして、まるで自分が一生学ぶ大学のように見なしていた。学ぶ内容を変えられそうになければ、一歩下がって、やり方を変えるしかない。私は彼女の強い反対を押し切って新しく大きなカラーテレビを買って押し付けた。「やっぱり古いテレビで見たい」と言っていたのだが、一週間経つと「カラーテレビはやっぱりきれいだね」と何とか認めるようになった。

しかし徹底的に彼女の受動的な勉強態度を変えた一件がある——母のフォークダンスである。深夜に何度も、彼女が小さな録音機を抱いて炊事場で不思議にも熱心にダンスのステップを練習していた。それから何度も私に空の録音テープをくれといい、いろんな曲をダビングするのをこちらに手伝わせたのだ。しかも老眼鏡をかけながら疲れを知らぬように、深夜まで明かりの前で彼女が自分の「フォークダンス大全」をいろいろと調べながら編集しているのを見た。これは私自身と同じではないか？　母がこんな風に熱心に学んでいるのを見て、私は勝手に新しい録音機をとりあえず買って彼女に渡した。自分でいろいろ編集したらコピーをして遊ばせるためだ。今回はほとんど抵抗せず、ただ「ずいぶん浪費したね」という一言だけだった。しかし翌日から、まったくはずかしげもなく「ひとりより皆で楽しむべし」という風に同僚や友人とおもしろいダンスや歌を共有する「ボランティアコピー事業」をはじめだした。今回はどうやら息子がなぜレコードや映像ディスク、画集、ビデオテープなどあのような具体的価値のない物を収集することに熱心なのか分かったようだ。未知の物事に対して熱狂的に追求し、すでに得た物事を大切に珍重し、しかもさらに一層その熱情や喜びを惜しみなく他の人間と分かち合おうとする性。彼女はいわばそれを自分の息子からある程度継承したわけだ。

この数年、私の収集する範囲が広くなるにつれて、母も遠慮なく録画機で遊ぶようになった。私の収集からおもしろいと思ったものは、すぐにまたそれをコピーして自分の子供時代からの友人に見せて、そのビデオで若いころの渇望や青春時代の甘い夢を再現しようとしているみたいだ。諺では「子供は打たないとものにならない」という。私ならこういうだろう。「母は罵らないと向上しない」。

一九八九年

私の丈母

私の丈母は楽観的で世の中の命理を知っている女性である。中国女性のすべての優れた点とすべての欠点をもっている人でもある。純朴で無知、善良でまたお節介だ。小言が多く俗っぽく、同時に勤勉で無邪気である。お金を節約することをいつも考えていて、小利を求めて逆にへまをして大損をする。こういう平凡な女性の事跡は通常国史館や調査局が貴重な資料として収蔵、記録したりはしない。しかし「不法なことを告発するのは、誰もの責任」で、「親しい者でも避けずに告発する」というではないか。彼女の娘婿もその見知ったことを一つ二つ密告してみよう。ひょっとしたら少しばかりのいつの時代でも準拠されている天下の法を引き出すことができるかもしれない。

丈母は太っちょで短身、スリーサイズがどれも同じサイズという女性である。このドラム缶の体つきによって彼女は度量の大きさと寛容さを形成した。自分の六人の子供を母乳で育てながら、あまった乳で十七人の赤子の乳母にもなった。一番短期だった時期で二週間だった。なぜかというと思想がひどく右よりだった母親は左の乳でのませることに不満だったからだ。

丈母は壮健で力強い。埔心の田舎で牛乳工場が期限切れの牛乳を無料で提供するときは、彼女はいつも真っ先に行き、三、四箱を運びだしていた。劣悪品を飲みすぎたため、彼女の娘達は成長してから牛乳を見ると吐くようになり、ただ触らぬ神にたたりなし、というようになった。また家計を節約するために、彼女は朝早く家の庭から野菜を抜いて市場に売りにいった。太った体に二つの大きなかごを担って歩いていくのだが同時に中身を落としていくので、いっしょに後ろについていく私の妻とその弟がしゃがんで落ちたものを拾っていく。丈母は自分の売る野菜はその価格に値するものだと考えているので、客がいろいろ選んで値段の駆け引きをすることが好きではない。だが自分が人のものを買うときは、いろいろ難癖をつけて細かいことに拘るのだ。彼女は買ってきた豚肉は別の店に持ってゆき、もう一度計っている。体形は巨大であっても、その活動力は活発で市場に買い物にいって、人ごみの中に入ると、あっという間にいなくなる。再び現れた時は、大小の包みをもっている。

彼女はどんなものでも大切にして、他人と分かち合うことを惜しまない。いつも我慢できずに余った料理は隣人にお裾分けをする。娘達はいつもばつが悪いので「だめですよ。そんなもの、恥ずかしい」と止めているのだが、言う事を聞かない。人からもらった物も宝物のようにありがたがっている。引き出し、戸棚、箱の中は彼女の雑多な宝物で一杯である。初めて嫁の実家に行った時、丈母は丁重に一台の蓄音機を出してきて、箱や戸棚をひっくりかえして、靴ブラシを探し出して、一枚だけあるレコードをごしごし数回こすった。その日に聞いたものが日本の童謡だったのか流行歌だったのかは覚えていない。だがレコード針が盤面をこすって出る鋭い音のことははっきり覚えている。蓄音機はアメリカに移民していったお金持ちの親戚が彼女に特別に贈ったものだそうだ。

旅行に出たときの彼女は、汽車にあるコップやトイレットペーパーなどはすべて持ち帰ることにしている。生きている限り、この世にあるものは使い切らなければいけないと考えているからだ。汽車の切符を買って車中にあるものは徹底的に利用しないのは浪費ではないか、というわけだ。従って、家の中には自然になんとかホテルのナプキン、なんとか旅館の灰皿、なんとか野生動物園の孔雀の尾などがみつかる。衆生の一切を大切にすることはまあやたら物を粗末にするよりはいいではないか？

丈母のことについて書けば、自然に岳父のことも言及しなければならない。岳父は体が大きく少年の時に家を出て従軍し独り憲兵の部隊に従って台湾にきた。三十歳のときに、二番目の息子が生まれてから、扶養家族が多くなり家計の赤字を前にして、毅然として三日三晩睡眠をとらず熱にうなされたあと、病気を理由に退役を申請した。その後、電気屋の見習いや、牛乳工場の労働者、遠縁の親戚がやっている貿易会社の社員として働いた。最後は会社の人員整理で手当てをもらったあと解雇された。大義のためにはまず親族の情をも顧みないというやつだ。頭脳明晰な彼は家では独裁者である。常に厳格公正な規律、強い誇り、責任感にあふれた愛で妻と子供達のうえに君臨している。この四十年、丈母は彼を君主のように敬して崇め、まったく逆らうこともない。彼が退職してからは身軽になって、丈母は毎日のように彼に影のようにつき従い神様の七爺八爺のように街中や路地を巡っている。時には彼が友人と徹夜マージャンの約束をして、横で見ている丈母も不眠でつきあい、同じように敵愾心をもってまったく疲れを知らない。長く見ているうちに、自分でもやりたくなるようだが、岳父はけっして女性が外で賭博するのをゆるさない。そこで、彼女は正月の暇なときに子供達と家庭マージャンをして渇きを癒している。

遠方の友人から手紙が来ると、丈母は必ず家族全員で電灯の下で岳父が大声でそれを朗読するのを聞かせる。まるで小学生が先生の横に座って熱心に話をきいているような感じである。自分でいいと思ったところに来ると、我慢できなくなって、口を挟む。すると岳父は顔を上げて、横向きに一喝して、「話を聞きなさい」となり、丈母は叱られた小学生のように頭を下げて座りなおす。

隣近所の人は彼女が憂いも気がかりもないことを羨んでいる。万事すべて夫が決めているからだ。今時、彼女のように夫に対してアイドルに対するように尽くし、忠実に仕えている幸福な女性は実に少ないからだ。彼女自身もまた権威を引いてくることが好きで、色々と子供らに父の美徳を見習うように言う。夫は彼女の最大の信仰の対象である。信仰することで、彼女は力を得るのだが、時にはそれによって自分の手足を縛っている。

「信仰」によれば、およそ物事は一歩一歩着実に進めて、目の前の利益を貪ってはいけないということになっている。だが彼女は、高利の誘惑に耐えられない。こっそりと非合法の地下銀行に入金して、結局利息を設けて元金を失うということになる。

「信仰」によると、適当に他人の会に参加しない事。彼女はどうしても隣近所の人々の勧めを断れず、この種のあちこちの会に入ってしまう。何度もあったことだが、手に入れたお金を二階にもって上がって隠す前に、岳父大人があらわれるので彼女はただ適当にそのあたりに隠しておく。結局娘が靴箱を開けて、靴の中にお金があるのを見つけると、あたかも驚いた風に「あらま、それは私のですよ」というのである。「信仰」によると、安いものにろくな物はない。彼女はどうしても安いものに目が無くて、路上のセールスマンや、道端に「在庫一掃セール」と書かれたものを信用してしまう。よく扇風機を買って来るのだが、二週間で動かなくなってしまう代物だ。あるいは妙な英語で書かれたシャンプーを買ってくる。洗えば洗うほど、痒くなる代物だ。醤油や「味の素」が値上がりすると聞くと急いで、福利スーパーに行って金に惜しみが無いかのように多量に買い込んでくる。この前などは、妻の実家に行って屋根裏部屋を開けると、何と三民主義で中国を統一できる頃まで使える「味の素」があったのである。その上、ゴキブリまで大量に買いだめしていたのは知らなかった。ゴキブリの値段まで値上がりするはずはないだろう。

自分の個性が強くなってきて「信仰」から離れていくと、その結果、処罰されることになる。丈母はすでにもう岳父大人の権力に慣れていて、どんな大きな処罰ですら石ころが一個、水の中にぽとんと落ちたように、すぐに平常に戻るのである。四十年間にわたる忠実さに比べたら、一時の「不法」などどうってことないのである。

しかし、彼女自身もまたいくらかの人々の信仰の対象なのである。子供達の学業がそれなりに成果を出しているので隣人達は皆彼女の指導がいいのだと思っている。娘を嫁に出したり、嫁をもらうときは、彼女に指導の重任を担当してもらおうと思っている。特に何もなければ、丈母もあちらこちらで自分の得意な分野で貢献しているようだ。人の長短を論じて、善意からごたごたを巻き起こしたりしている。もし人生が、舞台のようなものだとすれば、彼女は最もすばらしい役者であり観客である。冠婚葬祭、必ず来てもらわなければならない。到着すれば、彼女は子供のように興奮してもっとも有利な位置を占有する。新婦の母がまだ涙を流す前に、彼女が先に嗚咽する。人が泣くと彼女も泣き、笑うと彼女も笑う。宴が過ぎて婚礼もお開きになると、皆に料理を包んで持ち帰るのを忘れないように、と言ってまわる。多分実際の生活の中で劇をたくさん見るので、家に帰ってからは、テレビをつけると、連続ドラマを見ているうちに眠り込んでいる。あゝ、人生は舞台のようだ。では舞台は人生のようなのか？

彼女の娘が私の嫁になってからは、丈母の身分が急に高くなることが多い。私はいつも岳父は「前憲兵司令」だったと公言している。四十年前、憲兵司令部に服務していた時、彼はいつも憲兵司令官の前を歩き司令官のために先導していたからだ。彼女は初めてそれを聞いて、何か考えるところがあったようだ。しばらくしてそれを当たり前の事実にして、「司令夫人」の封号を喜んで受け入れていた。彼女の息子も父の衣鉢をついでいる。兵役に出た時、憲兵のくじに当たった。

何度か私は聞いたことがあるのだが、彼女は訪問客に、「息子は総統府で服務しているんですよ」と言っていたものだ。相手がびっくりして、総統府の資政顧問あるいは国策顧問の類だと思うわけである。細かく聞くと、やがて総統府の裏門の衛兵だということを相手が知る。これは彼女の娘婿のユーモアで、彼女自身の愉しみでもある。

「丈母が娘婿を見て、ますます興味をもつ」。私が自分の丈母を見ていても同じようにおもしろい。五車八斗の嫁入り道具は必要でない。絶世の美女の嫁さんは要らない。しかし楽観的で世の中の命理を知っている丈母は不可欠である。

私は丈母を愛する。

一九八九年

訳注――「丈母」は妻の母。しゅうとめ。岳母。「丈母が娘婿を見て――」は丈母が意のかなった娘婿を自分で選んだことを示すことわざ。

ボードレール街

人生はボードレールの一行にも及ばない。だからずばり言うと、毎日いつも歩いているいくつかの通りを「ボードレール」街と呼んでいる。

私のボードレール街は黄昏から始まる。皆さんがブリーフケースやカバンを放り出す頃、テレビやテレビゲームをつける頃だ。私は自分の自転車に乗って、ハンドルを握ってゆっくりと少年時代から離れていく。

歯科技工士の店を過ぎる。どの師匠にも就かずに、自学した技工士の先生はすぐに彼の道具を使って歯の痛みをとってくれる。あるいは虫歯を抜いて、義歯も入れてくれる。しかしまあ一年以内に歯肉炎になって更に痛みが激しくなる。

蚵仔煎（オアチエン）（カキ入り卵焼き）の専門店を過ぎる。母親は蚵仔煎を専門に焼き、父親は卵を加える役だ——両手はロボットのように籠から卵を取り出し、割り、投げ入れる。息子は地面の卵の殻をかき集めて、向かいの医者の妻に送る。朝晩の美容洗顔に使うのだ。

三軒の電動玩具の店を過ぎる。彼女達の家の前で急に止まると、私は自転車に乗ったまま立ち上がって叫ぶ。「中華民国万歳」。路上の通行人がみなびっくりして私を見る。家の中の彼女だけが本当の意味を知っている。「君の事を想っている」。

金持ちの家のビルを過ぎる。入り口に「車庫、駐車しないこと」と書かれている。

更に金持ちの家のビルを過ぎる。入り口の地面に「車庫前、駐車禁止」と書かれている。

テンプラと豬血粿（豚の血を混ぜたモチ）を商っている小さな店に来ると、中に入る。豚の血の中には私達のよだれが隠されているし、そこの娘は私の小学校の級友だからだ。

両親が知らないうちにその級友がテンプラを多めに入れてくれるのを待つ。両親に聞く。「慧ちゃんはまだ台北のアメリカの会社に勤めてるのかい？　今度いつ帰ってくる？」

橋を過ぎる。袂にはいつも大きなボロのスーツケースを引きずった大きなボロのスーツケースのような男が立っている。

酒場を過ぎる。アコーデオンを弾く男が時々出てきて、友好的に私に言う。「君、友達にならないか」。私は友好的に笑って離れる。私は知っている。酒場の女達は皆彼を怖がっていないのを。彼は女より男が好きなのだ。

博愛街にくると、そこで三分間とまって、金縁のめがねをかけた婦人が優雅に彼女の浅藍色（あさあいいろ）の車で戻ってくるのを待つ。三日のうち二度は麦飯石（ばくはんせき）を売る店の看板にぶつかるからだ。

布団屋を過ぎる。

ペットフィッシュの店を過ぎる。

きれいな下着をたくさん掲げた所を過ぎる。たくさんの男が来るが女はめったに入らないセクシー下着の店。

寿司や刺身を売る食堂に来ると、そばにある色とりどりのネオン灯をながめる。しばらくすると、向かいの玉の店の奥さんが旦那に「あの子は毎日あそこで停まってるけど、何かこっちのものを盗もうってんじゃない？」というので、そこで見るのをやめる。

私はあれから程なく君のそばを通り過ぎた。

私はあれから程なく大人になった。

少年時代に自転車に乗ってもどっていく。人生はボードレールの一行にも及ばないのを知っているからだ。

一九九〇年

想像の花蓮

私の花蓮港街の地図は記憶と夢のネガの上に書かれたものだ。街道、橋、家屋、あぜ道……これらすべては身近で親しく愛している人達を座標にしている。地図の中央を貫いているのは一曲の音楽で、河の流れのようにくねくねと始まりも終わりもなく、何の見出しもない音楽だ。七脚川渓といい、サバト渓といい、花蓮渓といい、タッキリ渓ともいう。

私の少年時代を貫くのは、一本の大きな水路。この水路は私が明義小学校に通っていた頃はまだ澄み切っていた。詩人楊牧が住んでいた節約街を過ぎ、中正路を過ぎると、水路の上は覆われていて、小さな商売をしている家があった。そこから、水が濁っていた。中正路は王禎和の小説によく出てくる道だ（王の家は中正路と中山路が交わる所）。「シャングリラ」の中で、派手な映画のポスターを張って「この麗しきシャングリラ、この愛しきシャングリラ……」を流している宣伝用の三輪車がまさにこの中正路をゆっくり移動していく。中正路から東へ二十メートル行くと小説家の林宜澐が成長した中華路だ。二十年前、夜が明けた中華路では年中四季を問わず、パンツとシャツ姿の慶和靴店の前で運動している彼のパパを必ず見ることができた。彼のパパは明義小学校野球チームの非正式の後援会会長。ホームランを打つと必ず最新の颯爽とした「中国強」ブランドの運動靴がもらえた。一九五八年市長杯の野球大会決勝戦の前に臨時に開かれた「太っちょチーム」と「やせっぽちチーム」のお遊びゲームでは、太っちょチームが七回裏で林宜澐のパパが逆転ホームランを放った。これは私の友人、邱上林が編んだ『影像写花蓮』にこの小説家から提供された写真二枚に記録されている。三十年前、日本のサロンパス女子野球チームが花崗山野球場に来て、交流試合をした。小説家のパパは、スライディングをした時、力を入れすぎて肩を捻挫した。可愛いサロンパスのメンバーがすぐにサロンパスを張ってあげた。

　中華路を過ぎて東に二十メートル行くと私が住んでいる上海街。さらに東に三十メートルいくと詩人の陳克華が住んでいる南京街。ここから所謂「溝仔尾（カオアーボエ）」だ。この小さな都市の盛り場。百年の間このあたりに一体いくつの酒場、カフェ、貸座敷、茶室、妓楼の看板が掛けられてきただろう。正確にはまったくわからない。祇園会館、タイガー、花家、花屋敷、東薈芳、君の家、東屋、クロネコ、寅記楼、江山楼、朝鮮亭、山水亭、天仙閣、高賓閣、夜都会、満春園、春香、新麗都、夜来香、大観園、大三元……。王禎和の《玫瑰玫瑰我愛你》（『バラよバラ、我は汝を愛す』）の中に描かれた米軍ご贔屓のバーはきっとこのあたりだ。陳克華の詩「南京街誌異」の中で混血の私生児のことが書かれている。「私はこういう街の一角で生まれたことがわかる／三千マイル向こうのベトナム戦争によって暴発するようにできあがったバー街――／……私の体内で二種類の血がぶつかっているのがみえる／南京街が痕跡を残さず身請けされたときに／私は一匹の精子が間違って入った証拠になろう／隣家の善良潔白な子供が私に――ハローOKキリクル、などと叫ぶ。／いつも私はおだやかに応える――幹你老母駛你老母老雞巴（カンリウラオムーサイリウラオムラオジーバ）。（いわゆる罵倒語――訳者注）」だが私の学友でこういう仕事をしているものはいない。ただ父の明義小学校高等科の学友の家は「東薈芳」で、私の中学時代の音楽の教師で作曲家の郭子究が花蓮に来て初めて歌った場所である。この酒場は後に成功街と忠孝街の交差点のあたりに移っている。元の国姓廟があったところだ。しかし不思議なことに一度地震があって、焼けてしまった。後にお化け話がずっと途切れることなくささやかれている（日本時代に自害した女給の歌声を聞いたというものがいる）。ここはいまなお空地になっている。楊牧の家はもともと南京街から和平街に抜けたところだった。一本の水路を隔ててもうひとりの山海の風雨を経た一代の儒者がいた。詩文家の駱香林の住んでいる「臨海堂」はこのあたりの水路に接している。

ここはいつも私が通るところだ。つまり私の「ボードレール街」で「ボードレールの一行にも及ばない」人生が広がっている。水路をさらに東へ百メートルいくと、詩人の陳義芝が生まれた重慶街。さらに東は太平洋。

もし私が一九三九年にいるなら、私の住む上海街は稲住通りといわれたところにちがいない。そして王禎和の家をかこんでいるのは、筑紫橋通りと黒金通り。筑紫橋通りには木造の筑紫橋がかかっていて、米崙渓（以前はサバト渓と呼ばれ、のちに美崙渓になった）をまたいで、新旧の市街を繋げている。河の水は筑紫橋を過ぎて、朝日橋を過ぎ、日の出橋を過ぎ、海に流れ込んでいる。もし一枚のネガを選んで花蓮を現像するとしたらどうだろう。レンズの場所は米崙山の上だ。そしてこれらの橋にフォーカスを絞り海に伸びていく構図にしよう。きっとあらゆる花蓮人はこれに同意するだろう。一九七六年、私の中学一年生のクラスに父が退役軍人で母がアミ族の「楊狗」がいた。彼の日記には、誤字、当て字、不正確な注音で、自製の竹いかだで明け方に米崙渓を下って行った時に、日の出に出会った事が書かれていた。筑紫橋は終戦後、セメントの中正橋になり、昨年から拡張工事があり封鎖された。この小さな都市全体が風邪をひいて、鼻の穴がひとつ塞がったようになった。数日後、もうすぐ行われる県市長選に合わせるために与党であるK党が大急ぎでハナヅマリをよくして、通行を可能にさせた。橋の両側は、候補者の旗で一杯になった。

もし私が一九三〇年にいて、霧社事件の警備の任務から戻ってきた原住民タロコ族の写真の中にいれば、私は多分、「花96」という番号がつけられ、「恆興商會」という四字が書かれたトラックに乗り込むことができるだろう。きっと上部に詰め込まれている彼らに「兇蕃」「味方蕃」がそれぞれどんな意味なのか訊くことができるだろう。トラックの後ろは最も繁華な春日通り（後に復興街といわれる通りだ）。左に台湾銀行の出張所、右に東台湾新報社がある。十年後、龍瑛宗というひとりの台湾青年がこの出張所にやってきて、一年あまり働いていた。その日本語で書かれた文章の中に彼が薄薄社の祭りでアミ族の友人に踊りの輪の中に連れ込まれて、次第に大きくなっていく輪の中で自らの魂と他者のそれが溶け合った感覚を覚えたことを記している。縦谷の温泉旅館で、酒食のあと月下の龍舌蘭を前にして忽然と自分の存在に思い至り、次のような文章を書き始めた。「太平洋の渺とした孤島台湾の東部地方の海岸山脈を、おれといふ者があるいてゐる。……」。写真の春日通りはまっすぐに写真の外側にいる小説家楊照の祖父許錫謙の創った会社に繋がっている。許錫謙、一九三一年、台湾経済外交会花蓮支部をつくり一九四六年には三民主義青年団花蓮分団宣社股長、一九四七年二二八事件の後、遺体が南方澳の海辺で発見された。一九三五年、駱香林が指導していてその門下生、記者、医者、くだもの売り、花町の女達……などがいた「奇萊吟社」の発行していた詩刊『洄瀾同人集』に二十歳の許錫謙の名前が新入の社員としてその名簿に載っているのがわかる。春日通りを過ぎると海辺に伸びている入船通り。私が生まれた木瓜山林場宿舎がここにあった。一九四七年に創立された更正報社（新聞社）の傍らだ。

　もし私が一九二四年にいて、更正報社の前の小さな広場にいれば恐らく、東台湾新報社の社長で花蓮港街長の梅野清太が木陰に揺れて滴る緑に包まれた宿舎から出てくるのがみえるだろう。彼は東台湾を愛し、雑誌『台湾パック』の編集者だった橋本白水と「東台湾研究会」を創立したばかりだった。月刊形式で八年半にわたり第九十七期まで出して停刊になった『東台湾研究叢書』を読むことができるのを私は知っている。その第十七、二十期では緋蒼生が「東台湾へ」を書き、第六十六期では台北三巻春風が書いた「臨海道縦走記」、八十一、八十三期では柏蕃彌が書いた「太魯閣入峡記」を読むことができる。その前に、橋本白水自身が、「東台遊紀」一篇を書き、花蓮に住んでいることの心境を書いている。「詩人は一本の菫にも自然の妙趣を看破し、一辯の花にも宇宙幽玄の眞意を發見する故に咲く花、飛ぶ鳥、降る雨、吹く風流水行雲悉く詩化さるべき性を有せざるはない、然れども予は詩人にあらず、文人にあらず、此の天地間の活きたる事實を描くべき文筆を持たぬのは遺憾である汪洋たる大海は浩波渺々たり芒々たる蒼穹には無數の光體の羅列を見るべし、天體と云ひ地球と云ふ、共に造物者の幽趣也、換言せば此の天地の幽趣は即ち人生の幽趣なるべし、即ち天地開發の幽趣に従ふて出来たものは人生であるからである、予は東部の地を見る毎に轉た此の感を深うせざるを得ざる處也、峻峯と云ひ、海濤と謂ふ、共に天地の幽趣である事を、而も太古より傳へ来たれる水籟山精は依然として無限に流れ去り、流れ来りて瞬時も休む事なく、外面の變化あるも万有其物は古より今に亘りて一も増減がないのである所謂不生にして不滅、不増にして不滅なるのである……」秋のタロコで、彼は深山に駐在している同郷の友人に出会い、抱擁して遙かに少年時代に故郷で共に遊んだ風景を懐かしみ、悲喜交々の思いにひたる。後に私は新竹出身の駱香林が書いた「太魯閣遊記」を読むことになるのを知っている。この文章は中学の国文の教科書に入れられ、その雄大な構造とリズミカルな字句のため、間違って古人の作としていれられていた。楊牧の「俯視――立霧渓一九八三」も読むことができる。陳列が書いた「山中書」、「私の太魯閣（タロコ）一九八九」も読める。緋蒼生の「東台湾へ」ではこのように書いている。「花蓮港庁下の三移民村中、比較的一番豊かであるのは吉野村だと聞いた。それは花蓮港の市街を一里近くのところに控えてゐる関係上、……村の人々は米を作る、甘蔗を作る、葉煙草を作る。そして尚ほさま〲の副業による生産物を花蓮港の街にひさぐ。……見るからに美しい村の道が、角から角へと続いてゐる。ささやかなお宮もある。布教所もある。青年会の集会所もある。郵便局がある。雑貨屋がある。葉煙草の乾燥所がある。お百姓の家もその大部分は純然たる内地式で、広い庭には草花も植えてあれば、果物の樹もある。その下では鶏が群をなしてク、、、と餌をあさつてゐる。……村の外れには見渡す限りの煙草畑が見える。……この村からは飛行機を発明しようとした者や、甘蔗の葉をしごく自動鎌を発明した者も出た。現に乾バナナの製造に成功し吉野村名物として盛に売出してゐる者もある。」これらの発明家の夢が実現したのかどうかは知らない。しかし六十年後、もうひとつの移民村「豊田」で生まれた呉鳴という客家の青年がペンを鋤の代わりにして、原稿用紙の上に「豊饒な田園」を再現した。「来年、孟秋の白露で甘蔗はさらに大きく濃密になっている。父によると、甘蔗は葉を剝くことで、よく成長するようになるそうだ。甘蔗畑の中に閉じ込められ、鋭利なその葉でけがをしないように笠の前にはプラスチック製の網がかかっている。綿の手袋は葉殻からの汁が沁みてねばねばしている。まったくたまらないものだ。剝きとった甘蔗の葉はしっかり縛って家に持ち帰り、庭に積み上げられる。寒露が過ぎると、農作業もやや暇になり、これらの葉を使って茅ぶきの家を修繕する……」甘蔗の葉を自動で切り取ってくれる鎌はまだ発明されてないようだ……

入船通りは船が入ってくる花蓮の海浜に向かって延びている。一九二五年、南浜で油の匂いが充満した濃厚な煙を吐きながら、宮崎丸が岸から百メートルあまり離れた沖合で積荷用の小さなはしけ船がゆっくり近づいてくるのを待っていた。「花蓮港」にはまだ港がなかった。浪の歌声がきこえる。虚詞の母音。アミ族の歌声が聞こえる。それほど遠くないところだ。Hoy–yan hi–

yo-hin ho-i-yay han hoy-yay ho hi-yo-hin hoy-yay。一八五七年三十余名の漢人が噶瑪蘭から花蓮渓口に移り十五、六軒の茅屋を建てて畑作をはじめた。彼らは夢の中で、歌声が波浪のように湧き出しているのを聞いた。濡れそぼって新しく紡がれる郷愁。一八一二年、宜蘭から来た李享、荘找もこの音を聞いた。かれらは布疋と折銀五二五〇大元で、荳蘭、薄薄、美楼、拔便、七脚川の五社アミ族から、「荒埔地」(荒れ果てた地)一塊を購入し「祈来」となづけた。すなわち、「奇萊」──アミ語の音写──である。アミ族は自分達ではその居住地を「澳奇萊」と呼んでいた。つまり「たいへんよい土地」という意である。契約書の上に指の捺印を残しているのは、仲介者の巴弄、立会人の曽仔夭、そして五社の頭目、廚来、武力、末仔、亀力、高鶴である。この「東は海に至り、西は山、南は覓厘芼渓、北は豆欄渓」の奇萊が花蓮である。移住した漢人達は岸から渓水が日夜奔流して海にながれこみ、浪とぶつかってうずまいているのを見て「ホエレン」と驚いて叫んだ。これが音とイメージが一体になった名前──洄瀾である。花蓮は花蓮海岸から上陸する。しかしさらに前の花蓮、まだ辞典の中の部首の中で寝ていた時の花蓮ではどうだろう。廚来や武力と同じ言葉を話していた兄妹達の丸木舟が、大洪水によって神話の海から目の前の海岸まで漂流させせられていた。

入船通りと垂直に交わっている二つの道は現在北浜街と海浜街とよばれている。原住民の音楽にくわしい作曲家の林道生。彼の父、林存本は一九四〇年に家人をつれて、彰化から花蓮に移り住んだ。林存本は彰化では頼和の居宅のすぐ近くにいて、よく頼家に出入りしていた。一九三〇年代、『臺灣文藝』および楊逵が編集していた『臺灣新文學』に彼の作品がよく出ていた。ニヒリズムと頽廃主義の傾向が強い作品。花蓮に来てからは、仕事以外はほとんど外出せず、作品も出さなくなった。一九四七年五月に脳溢血で病死した。同年二二八事件によって形成されてきた政治的な圧力の中で、家人はその原稿、蔵書をほとんどを焼き捨てた。わずかな残篇、札記だけが残されていて、日本統治期の台湾新文学と後山はほとんど係わりが切れていることを証している。「彼の目にはいいようもない恐怖が満ちて、前後に動かして辺りを巡らせていた。顔に浮かぶ人の理が獣欲に追い払われるのがわかった。喧嘩をしている二人はもう、彼がここにいることを忘れているのだった。もう気にしてくれる人がいない。人間の荘厳さと自制力はみな彼の無用の体の上に移ってきているが、まだ顔を見せてはいない。」「これが彼の初めて味わった殺生の快楽。弱きものを強殺する恥ずべき快楽である。異常な喜び。この殺生の快楽がいったん過ぎると、彼の神経は回復し、周りが落ち着いて静かになっていくのを感じるのだ。」「彼が前に進んでいくと、たくさんのカンガルーが眼を覚まし四方に逃げていく。ここは実に生命に満ちているところだ。彼が不思議に思うのは昼間に通ってもまったく生物が見当たらないが、夜になると何もかも一転して生物達が生き生きと動き回る。彼はこのような気持ちをかつて感じたことがなかった。爽快さと甘ったるい心でひどく気持ちよく、事細かにこの自然の生活の楽しみを理解した。」

自然の趣、宇宙の秘密。一八九七年一月七日の地震。三月三日の地震。一九〇五年八月二十八日の五級地震。一九一〇年一月二十一日の五級地震では花蓮港庁が焼失した。一九一三年一月八日の五級地震では、余震が百十五回続いた。一九二〇年六月五日の五級地震では家屋全壊二百二十七棟、半壊二百七十二棟。余震は三十八回続いた。一九二五年六月十四日の五級地震では、家屋損壊三百三十九棟。前震三十四回。余震三十八回。一九五一年十一月二十五日には連続で五級地震がおき、家屋全壊二百十五棟、半壊四百六十九棟。余震は十二月の末まで、総計百七回あった。一九九五年一月二十四日、東京大学の恒石幸正博士が日本地震学会で三月二十日には台湾東部でマグニチュード五・六規模の地震が起こるだろうと予言した。この報道が伝わると、小さな町の住民は戦々恐々として、各種の学校、組織、団体は次々と震災に備えるための防災演習を行った。恒石博士は自ら花蓮を訪問して指導をした。旅行業者は多大な影響を受けたが、ただ一軒のホテルだけ「地震ゆれゆれスイートルーム」を宣伝して大変喜ばれた。民衆は「地震のための安全しおり——六十箇条」のシールを争って買ったそうだ。地震を避けるための各種の秘方も頻繁に出た。最も広がっていたのは団子を食べることで、しかも七個食べる必要があった。熱心な人々は全国の同胞が一致して団子を食べ、「団結した心」と「粘り強い愛」でがんばり、今後揺れ動くだろう二枚の巨大なプレートをつなぎとめようとアピールした。特別な能力をもった花蓮の市民林期國はさらに愛国精神を発揮して、日本側の予測に反駁して三月二十日に東京で地震が起きて、三十階建のビルがぐらぐらするだろうと予言した。

もし私が一九九七年、地震を感じてから秋の日の樹影が傾いている二日目にいるならば、教え始めた中学一年生達と遠足に生き、花崗山から下りているところだろう。もともと木造でのちにセメントとなり、やがて鉄筋製となって菁華橋とよばれるようになった朝日橋を過ぎると早朝の米崙山公園に着くだろう。前方には楊牧が高校の学友達と写真をとった忠烈祠がみえる。もともと神社だった所だ。その階段を上り、かつて私が娘と一緒に乗った回転木馬に向かう。トタン屋根がかかったコンクリートの所で、米高梅社交ダンスクラブのメンバー達がみえる。カップルで軽やかに舞っている。多くは老人達で、幾人かは中年の女性達。さっぱりとした若々しい服を着て優雅にステップを踏み、思いに耽るようにして踊っている。タンゴ、ワルツ、ブルース。二人の女性が頬を寄せ合って抱擁しスローダンス。互いに旧知の間柄で互いに情愛で結ばれているに違いない。傍らに上背のある一人のアミ族の婦人がいて、パートナーと新しいステップを学んでいるところだ。引退した地方紙のカメラマンの姿。彼ははにかみながら、右手を伸ばし知り合ったばかりのパートナーの女性を抱く。そっと時間のシャッターを切っているかのようである。二十年前に大三元に勤めていた男が両手を伸ばして虚空を抱き、一人で踊っているのが見える。彼は回転するときに去っていった女の腰を再び捕まえる。身を屈める時はきっと彼女の眼と唇に触れているに違いない。虚空に伸ばした両手はすべてを抱きしめる。回る、回る、時間のダンスホールはますます大きくなっていく。子供達にからかわれている狂女の「錫鍋もち」と「阿毛鬃仔」も輪の中に加わってきた。何度も自殺を企てたカフェータイガーの萬里子君、黒猫茶室で「温泉街のギター」を愛唱していた艶紅も、楽隊の旗手の許ちゃん、鍛冶屋の木山、雄猫の姫姫、野球隊長……皆がいる。

私の花蓮港の地図を貫いて時間旅行をする音楽の渓流。見出しはない。海浪の歌のように、歌詞はなく、意味をもたないものだ——あるいはあったとしても、すべての歌詞、名前、すべての人物、事件、どれもただ音符に付いてくる存在にすぎない。——虚詞の母音である。

一九九七年

訳注——龍瑛宗の引用は小説「竜舌蘭と月」(『文藝台湾』第五巻第六期、一九四三・四)より。「股長」は行政職の一種。橋本白水の文は「東臺遊紀」(台北、南国出版協会、一九二二)より。緋蒼生の「東台湾へ」は『東臺灣研究叢書』第十六、十七、十八、二十編(東臺灣研究會編、成文出版、影印版・一九八五)所収。「温泉街のギター」(溫泉鄉的吉他)は一九六六年に封切された同名映画(監督、周信一)の主題歌。原曲は近江俊郎「湯の町エレジー」(一九四八、野村俊夫作詩、古賀政男作曲)。

花蓮飲食八景

花蓮の先賢、駱香林（一八九四—一九七七）先生は生前、山水を愛し詩文を能くした人である。一九四九年には「花蓮八景」を自ら装丁して詩の友人達と何度も吟じていた。また国画の大師、溥儒に花蓮八景図を依頼し、当地の美を理解するための先人の教えを伝え、後の道を開く役割を果たした。この八景の図には「太魯合流、八螺疊翠、築港歸帆、澄潭躍鯉、能高飛瀑、紅葉尋蹊、秀姑漱玉、安通濯暖。」とある（この内の「八螺」、「躍鯉」のふたつを見た時は巻貝の炒め物とか活け魚の造りのような新しい料理だと思っていた。やがてこれらは美崙山、鯉魚潭であることがわかった）。私自身は体を動かすのが面倒で、だらしない性である。先賢の跡を享けて山水海浜を逍遥し、風土や人情の美をとらえるのが苦手である。ただ五官はあるので、口と舌がまだ動くし先賢を見習い、「花蓮飲食八景」を適当に編み、花蓮の生活、風土人情をいくらか描いて口舌の愉しみを披瀝しようとおもう。

　私の友人で小説家の林宜澐はいつも勝手なことを言っている。彼によると「花蓮は特におもしろい処ではないのだが、ただ住むにはいい所だ」そうだ。この話がいろいろ伝わって、インターネット上では陳黎が言ったことになっている。私は辺鄙な花蓮に住んでいて、此処から離れて他の処に遊びに行く機会は多くない。花蓮が他と比べて面白い処なのかどうか、住み易い処なのか断言する能力などない。私は半世紀にわたる長い時間、此処に居住しているので、ただ自分が習熟している事物をよく知っているし、好きなものは好きで、嫌いなものは嫌いである。こういう長くもなく短くもない期間を過ごし、私はどういうものが好きなのか知っている。食べて飲んで眠りを貪るという単調な生活を繰り返す中で、どういう状況が自分の興味をまだ引き起こすのかを知っている。私の「花蓮飲食八景」で記されるのは、二十一世紀の初めに私が花蓮で知っている飲食の風景だ。ただ、これらの店が不朽でずっと開いているとは保証できない。だがもしあなたがこの文章を見たらすぐに汽車でも牛車でも飛行機でもファックスでもとにかく、すぐに乗って花蓮に来てみるべきである。きっとまだ機会に恵まれることだろう。その八景を雲海の爆乳度で並べると次のようになる。

一、美侖ホテルの庭でのランチ／アフターヌーン・ティー
二、賑やかな花間茶堂での語らい
三、藍藍食堂での冷えて脂ののった刺し身
四、黄昏の松園での食事とお茶
五、和南寺での精進料理、水の色と星の光
六、豆子舗の冷えたスイーツ、紫米粥（ズーミージョウ）
七、民國路でしゃがんで味わう一口餡餅（あんもち）
八、歩きながら食べる紅豆麻糬（ホントウモチ）

美侖ホテルは開業してから、十数年、美崙ゴルフ場の傍らに建っている。花蓮第一の五つ星級ホテルで、もともと松林があったところである。英語名はParkview Hotel。一階の洋式レストラン、あるいは二階の中華レストランに座ると、数万坪の芝生と多くの松がみえる。この緑の溢れ

た庭園でのアフタヌーンティー、食事はまさにこの世の愉しみの一つである。一階の洋式レストランにはもともと高さ十メートル、長さ四十メートルの台湾で唯一の床から伸びたガラス窓があった。だが、昨年の台風の来襲で六枚の大ガラスが粉々に割れて無数の破片に帰した。修理されてからはガラス窓はまだあるのだが、百二十の窓枠で分けられている。妻、娘と此処のアフタヌーンティーに来る度に、得がたい贅沢な時間だと感じるのである。値一千万といわれた大ガラスだけでなく、ここにはまだ、窓外の価値のつけがたい無常の青空、白雲、山々の緑がまだある。そして窓の内側ではテーブルクロスで暫しの間つながっている人の暮らし。二階のレストランでの食事も更に私の好みである。客の数も少なく、昔のままの贅沢さがある。ここの糯米雞、紅豆糕（ホントウピン）などは私が最も愛しているものだ。詩人の洛夫が昨年、カナダから帰国して私と争って芝蔴球を食べた。チェコの漢学家の私よりもずっと若い呉大偉（David Uher）博士が花蓮に遊びに来た時も、彼をここの昼食に連れてきた。彼によると、前のハベル大統領に随行して台湾に来たことがあるそうだ。通訳をしながらいろいろ食べたが、ここのように愉快で気持ちよい処は他になかったということである。美侖の庭園風景は花蓮での飲食の第一景と私は考えている。それが五つ星として輝やいているからではなく、その緑の上でひそやかに揺らめく光と影こそがその理由である。三行の短詩を書いたことがある。——「年の瀬は外で食べてきなさい／と母。実家にもどって数日の弟と外食／窓外に輝く緑と空の雲」。あの倫理の窓の事を書いている。小津安二郎作品のような風情だ。

花蓮で一番私を簡単に見つけられるところは「茶舗（ちゃほ）」である。特に二軒の「花間茶堂」と書かれた王記茶舗。新しく開いたほうは、私が長年教えている花崗国民中学の近くで、人波が耐えない。いつも行くところなのだが、そこに何か特別な花があるのかどうか気にしたことはない。花蓮にさえいれば、あなたは花間、人間にいるわけだ。花の間にポットひとつの茶があれば、一人で飲むわけにはいかない。当然、二、三人の友人と三、四皿の点心。他にワーンと響く人声――これが人生である。最近一年ほど汽車で他所に行き、詩について話すことが多い。いくつかの茶舗にも御世話になっている。あえていうが、ここの珍珠緑茶、酸梅紅茶に勝る店はない。緑茶の調合具合といい、ほどよい混ぜ具合で味わい深く口当たりがよく、中のタピオカは冷たく弾力があり甘くてあっさりしている。偶に緑豆とか蘿蔔酥餅（大根パイ）などが加わって後味が尽きない。花蓮に戻って汽車を降りると一番欲しいのが一杯の珍珠緑茶である。お金を使わせるが、かわりにその生み出す雰囲気と味わい、瞬間の愉しみをこちらが手に入れるというわけである。

花蓮に来てもしタロコに来ないなら、まあ簡単にいうと花蓮に来たことにはならない。花蓮の人間にすれば、タロコへ行くということは、その炊事場（台湾語のいわゆる「行灶脚」）に行くのと同じことだ。炊事場に何があるかというと――無数の斧で割ったような、誰もが知っている渓谷、断崖や、周りに掛かっている巨大な石のまな板、ナイフで無数に切断されて、昔からくねくねと流れている管のない水道水。他に何があるかというと――タロコ国家公園の観光センターの背後の台地に座り、あるいは寝転がってみる。すると広大な空、聳える山がみえる。一群の黒い鳥達が忽然と私の視界に入り青い空と山並みの間を自由に飛び回る。足元には渓谷の背後に忽然と開ける立霧渓の河床。山水の景色を満喫して台地を離れ、タロコの入口にある藍藍食堂にむかい、忘れられなくなる刺身を味わおう。ここの刺身はきゅっと冷えていて脂がのっていて、歯がなくてもたべられるくらい美味である。店の主人によると毎日付近の七星潭の漁場から送られてくるそうだ。ある時、遅くなってから行くと、もう店じまいで馬年生まれの私は歯を食い締めてくやしがったものである。店の吻仔魚とオムレツはすこぶる特別で、立霧渓の河口でとれる特産の小さな魚である。口当たりが一般の海からあがった吻仔魚と違う。刺身を堪能したら、花蓮の市街に戻る前に遠回りして七星潭に行き、魚の余韻の味を潮風に吹かれながら大海に放つのもよい。

かつて言ったことがあるが、もし一枚のネガを選んで花蓮をプリントするとしたらレンズの位置は美崙山の上にして、海に入っていく美崙渓を私は狙うだろう。もっともいい位置は美崙山の上にある松園別館だ。私は何度かここに友人達を迎えて詩を談じ吟じてきた。近いうちに、この日本時代から残されている静かで秀麗な建物と松林の間で、年に一度の「太平洋詩歌祭」が行われるようになると期待している。蟬の声、蛙の鳴き声、潮風と星の光の中でだ。女性詩人の李元貞は高校を卒業してからすぐ、進学のために花蓮を離れ教職についていた。少し前に松園にもどってきて詩を朗読したことがある。ここは彼女の少女時代の秘密基地だったのだ。午後、此処に来て食事とお茶をし（「松葉の入った午後の茶」）、海を眺めてのんびり語らいをするとよい。黄昏になる頃には君の五官が解放され身も心も満たされることは間違いない。

精進料理はどうも苦手である。花蓮にはいくらかの精進料理の店があり、評判は大変よいのだが、私はまだ行く度胸がない。ただ鹽寮の海辺の小山のうえに和南寺というところがある。そこで二度ほど実にうまい精進料理を食べたことがある。鹽寮に行けば十中八九、海に面したいくつかのレストランでロブスターや鮑を大食いするものだ。しかし、どうして和南寺が私のような肉食者にとって、軽視できないのか。つまり風景も人情もよければおいしいというわけである。二度の食事はどれも詩人の愚溪の招きによるものだった。食事の間、彼は料理をとりわけ、休むことなくお茶を注いでくれる。その妙なる語り口はまるでそこにはないラードのようになめらかだ。

彼は実に情熱に満ちた人であり、歯の浮くようなことも言わず気持ちがいい。食卓の上には肉の類がないので、災いがない。それに彼のまじめさと客好きにも関係があるかもしれない。彼は何度か詩人の友人達を宴に招待しているのだが、聞くところによると三ツ星のホテルに匹敵する賞賛を浴びているそうだ。しかし三ツ星どころではなかった。その日、夕食が終わってから母屋を出ると、皆の頭の上にはおそらく幾百もの星が光り輝いていた。花蓮の夜は何と無垢な美しさにあふれていたか。偉大な海がすぐそこにあった。その燻し銀のような水の色は二度目に山に上って箸を持った時、明るいブルーに変わっていた。私は自著の詩のなかで、「海與天的床榻如此重、藍色如此輕」（海と空の寝台はかくも重く、青色はかくも軽い）という二句を草した。水の色、星の光、そして二度味わった煎麵線のおかげで私は人は実に詩で「素食」ができるものだと感じたのであった。

小さい頃からいつも不思議であった。外で西洋料理、中華料理を食べる時はどうして、先にまずあのおいしい食後のデザートを食べないのか。あるいはどうしてただデザートだけを食べてはだめなのか。ちょうど演奏会で、先にあの素敵なアンコールの曲を演奏したり、あるいはただアンコール曲だけを演奏したりという具合にだ。とにかく私は甘いものが好きである。台北で「泰平天國」のようなタイ式レストランに行って、食事をするのは、「椰香紫米」（ココナッツ風味の汁粉）を二杯食べるためである。花蓮にも味が似た雲南ミャンマー料理の店がある。残念ながら、料理の後に出てくるデザートの容器が大変小さく、紫米も少なすぎる。それで私はスリッパを履きつぶして駅の背後にある富祥街で一軒の清潔で可愛い「豆子舗」という店を見つけた。そこの紅豆紫米粥は甘く冷たく、大盛りで美味である。私はそこに何日も通って食べに行った。怪しげに思っていた女主人と私が話をするようになってわかったのだが、彼女は普段これらを、近くに住んでいる姉妹達によく食べさせていたらしく、そのうちそこの一階で看板を掲げて営業を始めたそうだ。私は自分を彼女の家族の一員にしてくれ、私のためにも店をずっと営業しつづけるように頼み込んだ。

花蓮の民国路にはたくさんの食べ物屋が並んでいる。一番よく行くのは、祖師廟の近くにある山東餡餅（あんもち）店である。主人はよく働き、善良な夫婦である。妻が麺をのばして、餡を包み、旦那がコンロの前で焼いている。車の屋台からはじめて店舗を借りるようになり、すでに十五年近くになる。日に四、五百個を売り、一個の餡餅はコンロの上で四、五回ひっくり返す。一日に二千数回ひっくり返している。十五年では一千万回以上である。旦那の手は職業病になっていて、仕事中、右手の親指と中指の間が痛い。なるほど、食べると確かに味わいが深く特別である。人生で最も「痛快」なのは、自分の快楽が他人の痛苦の上に作られることである。一千万回あぶり返して、痛めている手で焼かれた美味の餡餅はすっきりしないものか？　私はいつも道端にしゃがんで、この一個十元の直ぐに無くなってしまう餡餅を食べる。しかし決して急いで食べてはいけない。中の肉汁が大変熱いからだ。私の口元には傷が残っている。急いで食べたせいで、火傷をした痕である。これが「餡餅的正義」というものか。舌の快感が口もとの災難の上に築かれる、という理屈だろうか？

民国路にはまだ取り上げるべき所がある。十数年前に自著の散文で言及（これでその名が知れ渡ったかもしれない）したことがある「麻糬（モチ）」である。この数年、花蓮の街は「XX麻糬」、「YY麻糬」の看板で満ちている。もはや公害に近い。観光客が商店のマークが入った袋を持っているのを見ると、型どおりで俗っぽさを免れないと感じるのである。このように増えすぎてしまったわけだが、その中でまだ新しいものがあるかどうか。実は花蓮の紅豆麻糬（ホントウモチ）はまだ大変美味である。以前、授業の前や後にモチの店を通るといつもいくつかの硬貨を出して、一、二個手に入れ路上で歩きながら食べる。これこそが花蓮の主人の風格というもので、「台客」というのではない。

一軒、小さな店でおいしい所がある。（これは第九景だろうが次回にもう一度書くことにしよう）入り口に対聯が貼ってあり、「誰非過客、花是主人」（誰が過客にあらざるや、花これ主人なり）とある。おそらく、「花蓮」だけ、この花蓮だけにこの名前がある。こういう考えをもった主人が中でいろいろ動き回り、ぺらぺらしゃべっているのが、客達である。しかしやはり「口舌の愉しみ」を逞しくする必要がある。少なくとも私、この陳某がこの時この地での口舌の愉しみの一端を披露するというわけである。たとえ陳腐で使い古された表現を免れないとしてもだ。しかし口と舌に話をさせて、食べさせないなら他に何ができるというのだ？

二〇〇六年

訳注――溥儒（一八九六―一九六三）は北京に生まれ一九六三年に台北で死去。清皇室の後裔として生まれ、伝統的な礼教の薫陶を受け、学問に長じた。十九歳でドイツに留学し、生物と天文学等を研究。「詩で『素食』」は原文では「人儘可以詩位素餐」で「尸位素餐」（働かずに食にありつくこと）にひっかけた表現。陳黎は年中いわゆるゴムぞうりを履き、出かけることで知られており、「スリッパを履きつぶして」と表現されている。「台客」はもともといわゆる大陸渡来の中国人が台湾人に対して形容した言葉であったが、のちに積極的な意味にも転化し、その定義も変化している。ここでは花蓮に来る観光客を指す。

著者後記

言葉の間を旅する

陳黎

〇

言語は既定のシンボルや記号、音声あるいは身振りによって感情や思想を伝達するための……ものである。中国語、英語、台湾の閩南語、客家語などの方言も……言語である。音楽、絵画、数学もまた……言語である。作曲家、画家に比べて……、「文字」は私が創作に使う言語である。他の文字の創作者と比べたならば私は中国語を使って創作している。

また、その他の文字の作品を中国語に訳したりもしている。私にとって、翻訳は読書と創作の二者と同等の位置にあるもの、あるいは代替物だといえるだろう。私は必ずしも熱心な読書をしているわけではないが、翻訳のためにある事を広範にあるいは集中して読まなければならないこともある。また私は必ずしも熱心な創作者だというわけではないが、他の人の作品を訳することで、自分にないものを得たり、刺戟を受けたりしている――また翻訳をするうちに、自分の作品に対しているようになり、自ら創作しているような錯覚を得たりする。翻訳の過程あるいは翻訳が終ってからも他者の作品に集中して触れた結果、やはりいくらかの創作上の啓発やエネルギーを得るようになる。

時には創作もいわば一種の翻訳だと感じている。物を書いている時には、自覚的にあるいは自覚していない間に、過去の読書、翻訳などで接したその他の言語（英語、日本語、あるいは音楽や絵画など）の経験を自分の作品に転入させたりするものである。それで創作者としての私もよく、異なった言語の間を旅しているのである。

I

私は第二次世界大戦後の台湾、台湾東部の小さな都市花蓮で成長した。私の父母は日本統治時代（一八九五年から一九四五年）の台湾で成長したので、幼年、少年時代の私は学校では中国語（北京語）を話し、家では家族と台湾語（閩南語）を話し、父母の間ではしばしば日本語を使っていた。私の母は客家人なので、よく彼女が近所に住んでいる親戚とは客家語で話すのを聞いている。台北で大学を卒業してから、故郷で中学の英語教師になった。各クラス四十人ばかりの中に二、三人の原住民——多くはアミ族（Amis）とタイヤル族（Atayal）で、学校では彼らは他の学生と同じように中国語をしゃべっている。

台北の師範大学の英語学科で学んでいた時、原文や翻訳で多くの外国の詩人の作品を読んだ。イェーツ、エリオット、リルケ、ボードレール、ランボー……そして何人かの日本の俳句詩人などだ。大学卒業後、妻の張芬齡と多くの外国の詩人の作品を翻訳した。ラーキン、ヒューズ、プラス、ヒーニー、ザックス、バジェホ、ネルーダ、パス、シンボルスカ——彼らは皆私に影響を与えた。中でもネルーダの影響はあきらかだ。というのは、私たちは彼の詩集、詩選を少なくとも三冊は訳しているからだ。

ラテンアメリカの文学にも興味をもっているが、これは大学の時にスペイン語を第二外国語に選んだせいである。けっして得意な語学ではなかったが、その音感が好きで、スペイン語の詩をよく探し出して読んでいた。西英対訳になったラテンアメリカ詩選を買ったが、読み始めるとそれほど困難には感じなかった。一九七八年から七九年にかけて、私は『ラテンアメリカ現代詩選』の翻訳にとりかかり、一九八〇年代の前半には完成していたが、八九年になってやっと出版できた。二十九人の詩人の二百篇近くの詩を収め六百余ページになった。

高校時代から私は音楽を聞くのが好きでバルトークやドビュッシーからは早くから影響と啓発を受けてきた。のちにウェーベルン、ヤナーチェク、メシアン、ベリオ……などが一番好きになった。大学に入ってから、多くの立体主義、シュールレアリスム、表現主義、抽象表現主義などの画家（たとえばピカソ、ブラック、ダリ、マグリット、アンソール、ココシュカ）の画集に触れて、彼らは私の美学上の経験として影響している。大学時代に図書館の職員が私に古い『シカゴレビュー』（一九六七年九月出版の形象詩特集）をくれたことがあり当時強い印象を受け、後に私が形象詩を書くようになったのはその時の影響もある。

2

この数十年、台湾の民衆が使っている中国語は中国大陸の民衆が使っているものと頗る異なってきている。その差は語彙や調子や、発音、字形の上の違いとなり、言語の「気質」のうえでも明確に違う。台湾の中国語は中国大陸のそれと異なった活力をもっているように思う。まず一方で極力古いものを捨て、「文化大革命」を行い簡体字を推し進めてきた中国大陸と異なり、戦後の国民党統治下の台湾では積極的に「中華文化復興運動」を提唱してきた。繁体字（正体字）を使い続け、中国古典文学と歴史が各種の試験の科目となった――このような結果、台湾にいる民衆や作家は中国大陸の民衆あるいは作家に比べて、中国語の美というものにさらにきめ細かい理解をもっている。また別の面では、島嶼の台湾は中国大陸に比べて開放的で、自由な生活環境があり、台湾の民衆の中国語はより自然で島の異なった言語要素（特に台湾語、日本語、英語）と生活の素材を自由に吸収することになった。そして、より柔軟で活力があり複合的で豊富な言語を形成してきた。

中国語は、象形文字で、単音、ひとつの音に多くの字が対応する（中国語は同音字が多い）、ひとつの文字が多義を有し、近似音などの特性があり、他の言語にない多くの面白みがある。また繁体字で書かれた中国語の詩を簡体字にされると、面白みがいくらか失われてしまう。だから、私が台湾で書いている中国語の文章や中国語の詩は他の言語、あるいは他の場所で使われている中国語の使用者にない面白みをもっている。過去の数十年の台湾現代詩の成果からみて、この地の中国語は確かに不断に新しい感性、面白さ、生命を生み出している。

私には「孤独な昆虫学者の朝食用テーブルクロス」という作品があるが、パソコンにあるあらゆる「虫偏」の漢字を集めたものだ。これらの筆画の多い虫だらけの四角い文字の入ったテーブルクロスは、もし簡体字で打ち出せば、恐らくもとの形が崩れてしまって味わいが無くなるだろう。（たとえば、繁体字の「蝟」は簡体字では、「猬」となり「虫」から「犭」（犬）になる。そして繁体字の「蟲」、「蠶」は簡体字では「蛊」、「蚕」となり多くの「虫」がいなくなってしまう）

虭虮虯虰虱虳虴虷虹虺虵虼蚅蚆蚇蚊
蚋蚌蚍蚒蚐蚑蚓蚔蚕蚖蚗蚘蚙蚚蚜蚝
蚞蚡蚢蚣蚤蚥蚧蚨蚩蚪蚯蚰蚱蚳蚴蚵
蚶蚷蚸蚹蚺蚻蚼蚽蚾蚿蛀蛁蛂蛃蛄蛅

蛆蛇蛈蛉蛋蛌蛐蛑蛓蛔蛖蛗蛘蛙蛚蛛
蛜蛝蛞蛟蛢蛣蛤蛦蛨蛩蛪蛫蛬蛭蛵蛶
蛷蛸蛹蛺蛻蛾蜀蜁蜂蜃蜄蜅蜆蜇蜈蜉
蜊蜋蜌蜍蜎蜑蜒蜓蜘蜙蜚蜛蜜蜞蜠蜡
蜢蜣蜤蜥蜦蜧蜨蜩蜪蜬蜭蜮蜯蜱蜲蜳
蜴蜵蜷蜸蜺蜻蜼蜾蜿蝀蝁蝂蝃蝆蝌蝍
蝎蝏蝐蝑蝒蝓蝔蝕蝖蝗蝘蝙蝚蝛蝜蝝
蝞蝟蝠蝡蝢蝣蝤蝥蝦蝧蝨蝩蝪蝫蝬蝭
蝮蝯蝳蝴蝵蝶蝷蝸蝹蝺蝻螁螂螃螄螅
螇螈螉融螏　螐螑螒螓螔螖螗螘螚螛
螌螝螞螟螢螣螤螪螫螬螭螮螯螰螲螳
螴螵螶螷螸螹螺螻螼螽螾螿蟀蟂　蟃
蟄蟅蟆蟈蟉蟊蟋蟌蟑蟒蟓蟔蟗蟘蟙蟛
蟜蟝蟞蟟蟠蟡蟢蟣蟤蟥蟦蟧蟨蟪蟫蟬
蟭蟯蟳蟴蟶蟷蟹蟺　蟻蟼蟾蠀蠁蠂蠃
蠅蠆蠈蠉蠊蠋蠌蠍蠐蠑蠓蠔蠕蠖蠗蠙
蠘蠜蠝蠟　蠠蠡蠢蠣蠤蠥　蠦蠨蠩蠪
蠫蠬蠭蠯蠰蠱蠲蠳蠶蠷蠹蠻蠼蠽蠾蠿

かなり前に私は「戦争交響曲」という作品を書いた。全体でたくさんの行があるが、ただ四個の字だけで成り立っている。「兵」、「乒」、「乓」、「丘」だけだ。（ただ一個「兵」だけだともいえるだろう。ほかの字は「兵」の変形に過ぎないわけだし）

兵兵兵兵兵兵兵兵兵兵兵兵兵兵兵兵兵兵兵兵兵兵兵兵兵
兵兵兵兵兵兵兵兵兵兵兵兵兵兵兵兵兵兵兵兵兵兵兵兵兵
兵兵兵兵兵兵兵兵兵兵兵兵兵兵兵兵兵兵兵兵兵兵兵兵兵
兵兵兵兵兵兵兵兵兵兵兵兵兵兵兵兵兵兵兵兵兵兵兵兵兵
兵兵兵兵兵兵兵兵兵兵兵兵兵兵兵兵兵兵兵兵兵兵兵兵兵
兵兵兵兵兵兵兵兵兵兵兵兵兵兵兵兵兵兵兵兵兵兵兵兵兵
兵兵兵兵兵兵兵兵兵兵兵兵兵兵兵兵兵兵兵兵兵兵兵兵兵
兵兵兵兵兵兵兵兵兵兵兵兵兵兵兵兵兵兵兵兵兵兵兵兵兵
兵兵兵兵兵兵兵兵兵兵兵兵兵兵兵兵兵兵兵兵兵兵兵兵兵
兵兵兵兵兵兵兵兵兵兵兵兵兵兵兵兵兵兵兵兵兵兵兵兵兵
兵兵兵兵兵兵兵兵兵兵兵兵兵兵兵兵兵兵兵兵兵兵兵兵兵
兵兵兵兵兵兵兵兵兵兵兵兵兵兵兵兵兵兵兵兵兵兵兵兵兵
兵兵兵兵兵兵兵兵兵兵兵兵兵兵兵兵兵兵兵兵兵兵兵兵兵
兵兵兵兵兵兵兵兵兵兵兵兵兵兵兵兵兵兵兵兵兵兵兵兵兵
兵兵兵兵兵兵兵兵兵兵兵兵兵兵兵兵兵兵兵兵兵兵兵兵兵
兵兵兵兵兵兵兵兵兵兵兵兵兵兵兵兵兵兵兵兵兵兵兵兵兵

兵兵兵兵兵兵兵乒兵兵兵兵兵兵兵乓兵兵兵兵兵兵兵乒
兵兵兵乓兵兵乒兵兵兵乒乒兵兵乒乓兵兵乒乓兵兵乓乓
乒乒兵兵兵兵乓乓乓乓兵兵乒乒乓乓乒乓兵乓兵兵乓乓
乒乒兵乒乒乒乓乓兵兵乒乒乒乒乓乓乒乒乓乓乒兵乓乓
乒兵乓乓乒兵乓乓乒乒乒乒乓乒乓乓乒乒乓乓乒乒乓乓
乒乒乓乓乒乒乓乓乒乒乓乓乒乒乓乓乒乒乓乓乒乒乓乓
乒乒乓乓乒乒乓乓乒乒乓乓乒乒乓乓乒乒乓乓乒乒乓乓
乒乓乒乓乒乒乒乓乒乒乓乓乒乒乒乓乒乓乒乓乒乓乒乓
乒乓乒乓乒乒乓乓乒乓乒乓乒乒乓乓乒乓乒乓乒乒乓乓
乒乒乒乒乒乒乒乒乓乓乓乓乓乓乓乓乒乒　乒乒乒　乓
乓乓　乒乓乒乒　乒　乓　　乒乒　　　乒乒　　乓乓
乒乒　　乒乒　乒　乓　乒　乓　乒乒乒　　乓　乒
　乒乒　乓　乓乓　乒　　乒　乓　　乒　乓　　　乒
乒　　　　　　乓乓　　　　　　乒　　　　乒　乓
　乒　　　乓　　　　乒　　　　　乓　　　　乓
　　　乒　　　　　　　　　　　　　　　乓

丘丘丘丘丘丘丘丘丘丘丘丘丘丘丘丘丘丘丘丘丘丘丘丘
丘丘丘丘丘丘丘丘丘丘丘丘丘丘丘丘丘丘丘丘丘丘丘丘
丘丘丘丘丘丘丘丘丘丘丘丘丘丘丘丘丘丘丘丘丘丘丘丘

丘丘丘丘丘丘丘丘丘丘丘丘丘丘丘丘丘丘丘丘丘丘丘丘
丘丘丘丘丘丘丘丘丘丘丘丘丘丘丘丘丘丘丘丘丘丘丘丘
丘丘丘丘丘丘丘丘丘丘丘丘丘丘丘丘丘丘丘丘丘丘丘丘
丘丘丘丘丘丘丘丘丘丘丘丘丘丘丘丘丘丘丘丘丘丘丘丘
丘丘丘丘丘丘丘丘丘丘丘丘丘丘丘丘丘丘丘丘丘丘丘丘
丘丘丘丘丘丘丘丘丘丘丘丘丘丘丘丘丘丘丘丘丘丘丘丘
丘丘丘丘丘丘丘丘丘丘丘丘丘丘丘丘丘丘丘丘丘丘丘丘
丘丘丘丘丘丘丘丘丘丘丘丘丘丘丘丘丘丘丘丘丘丘丘丘
丘丘丘丘丘丘丘丘丘丘丘丘丘丘丘丘丘丘丘丘丘丘丘丘
丘丘丘丘丘丘丘丘丘丘丘丘丘丘丘丘丘丘丘丘丘丘丘丘
丘丘丘丘丘丘丘丘丘丘丘丘丘丘丘丘丘丘丘丘丘丘丘丘
丘丘丘丘丘丘丘丘丘丘丘丘丘丘丘丘丘丘丘丘丘丘丘丘
丘丘丘丘丘丘丘丘丘丘丘丘丘丘丘丘丘丘丘丘丘丘丘丘

「兵」(bing) は戦士。「乒」(ping) と「乓」(pong) は二つの擬声の字で、音は銃声のようであり、見たところ手足を切断された戦士のようにみえる。一緒になると、「乒乓球」(卓球) の連想が生まれる。「丘」(qiu) は小さな土丘で墓を暗示する。この詩はたぶん私の詩で一番よく知られていて、外国語に訳すのは大変難しい。訳者の多くは題名を外国文に訳して、注釈を施し中国語の原文をそのまま保留している。私はイギリスで翻訳をおしえているポーランド人ボーダン・ピアセッキ (Bohdan Piasecki) が意外にもそれを英文に翻訳したのをインターネットで見たことがある。第一段で彼は「A man」を「兵」の代わりに使い、第二段で「Ah man」と「Ah men」をばらばらに置いて「乒」や「乓」の代わりにしていた。第三段で「Amen」を「丘」にして、おそらく葬礼のための祈禱文と思われるものにしていた。

私はいつも、この詩の本当の作者ではないと言っている。私はただの「中国の文字」に憑依された童乩（タンキー、霊媒師）で、ある朝起きてパソコンをたちあげて五分ほど打ち続け、この四つの字を複製しているうちに完成したのだ。かつて「アニメーションの楽しみ」という作品でロシアのギャリー・バーディン（Garry Bardin、1941-）が一九八三年にマッチ棒を素材にして作った短編『闘争』（Konflikt）を見たと言及したことがある。緑と青の二色のマッチ棒の兵団が衝突して燃え上がり、共に燃え尽きてゆく。「戦争交響曲」を書いたとき、私はこのアニメのことはまったく考えていなかった。後に「戦争交響曲」をある人がアニメにした時、おもわず思いだした。私のこの詩はあの作品を翻訳したのだということもできる。読者がインターネット上で、この詩はおそらくドイツのオイゲン・ゴムリンガー（Eugen Gomringer、1925-）の一九五三年の詩〝Ping Pong〟に関係していると言及していた。私はすぐにこの詩を探し出したが以前に一度も見たことがない。しかし、ほとんど私の「戦争交響曲」の第二節の部分的な翻訳になっている。

ping pong
ping pong ping
pong ping pong
ping pong

おもうにこれは、時も時間も異なる創作者がことばの旅をしているときの偶然の出会いというべきだろう！

3

一九八三年、私と張芬齡は二人で共訳し『ザックス詩集』と『聖なる詠嘆――ダンテ』を出版した。ザックスとダンテの作品を翻訳することは私にとって、ずいぶん数奇な経験になった。その前に私はユダヤ教の神秘哲学について何も知らなかったし、来世のことについての想像や至福なる天国などの描写について、あまり興味をもっていたわけではなかった。しかし訳すためには読まなければならない。読んでから困惑したり思うところがあったり、意外にも大いに感動した。『神曲』の「天国篇」の最後の数章を精読していた時に震えがとまらなかったことを忘れられない。なんと偉大で華美なイマジネーション！　なんと抽象的で純粋なる秩序！　またザックスの純粋で神秘的で連綿と続く抒情にしみじみと打たれた時の奇妙な喜びも忘れられない。ただ依然として私はまだ無神論者ではある。これらの美しい想像と創造のしくみは単に宗教（あるいは単一の宗教）と関連しているのではなく、あらゆる人間と関係しているものである。リアリズムのほかに、このような他の見方について学ぶことができたし、私にとって翻訳は自分が読んで感動したことの実体をはっきりと他者に再び伝えることでもある。そしてまた感動したことをどのように明確な方向をもった力として作り変えるかは、翻訳者の仕事である。自分が感動したものを読者に十分納得させられれば、いい翻訳だといえるだろう。

ラテンアメリカの文学は、台湾で育った我々を容易に感動させるものがある。たぶん第三世界の国家が西洋の文芸思潮に対した時の状況として似ているからだろう。私はずっと台湾現代詩の発展の過程はラテンアメリカ現代詩史の縮図だと思っている。ただ、彼らが経験した道と遭遇した問題は我々より二十年ほど早かったようである。究極的な問題はいかにして西洋化、現代化の過程で地元の特色を残す、あるいは出していくかということである。ラテンアメリカのマジックリアリズムは彼らが提示した鮮明な答案だ。しかし答えはひとつだけではなく、各答案がそれぞれの意義をもっている。疑いなく超現実主義は多くのラテンアメリカの詩人と台湾の詩人たちの物事への見方を豊かにした。ラテンアメリカの文学を読み、翻訳することで、私は台湾の要素とモダニズムあるいはポストモダニズムの芸術をつなぐことを学んだ。私には台湾原住民の神話、伝説を流用あるいは書き直したいくつかの詩があるが、すなわちそれがこの種の試みだった。一例をあげると次のようなものだ。「一匹のハエが女神の臍の下の蠅取紙に飛んできた。／昼がやさしく闇夜をたたくように／親愛なるご先祖様その股間の未使用の新石器でそいつを軽く叩いてください」。タイヤル族の創世神話によると太古に男女の神がいたのだが、男女の営みの方法を知らなかった。しかしある時、一匹のハエが女神の秘所に留まり忽然と悟った、というものである（アミ族にも類似の神話がある）。「蠅取紙」、「新石器」などの字句はこの詩に過去と現在を統合させたポストモダンの趣を添えていて、それによって伝奇的であり、同時に現代的であり、部族的でありまたエロティックになった。

私の訳した最初のネルーダの詩は『大地の家』（*Residencia en la tierra*）に入っている「すこしばかり説明しよう」（"Explico algunas cosas"）で、この詩は彼の詩風の転変の由縁を表している。——つまりスペイン内戦によってその詩は晦渋で秘密的、夢幻的なものから、広々として明晰なものに変わっていった。終わりの数行はなんといっても感動的である。「君たちは聞くだろう——君の詩はどうして／夢や木の葉、故郷の火山について／教えてくれないんだ？／／街頭の血を見に来るがいい！／見に来るがいい／街頭の血を／見に来るが／いい！」

ひとりの創作者として、私の詩の言語、詩的観念はあきらかにネルーダを訳した経験から影響を受けている。ただ、中国語を道具としている私の詩の言語がネルーダの詩の影響を受けたのか、それとも私が訳したネルーダの詩からの影響なのか、はっきりと断定できない。私のいくつかの詩の構成手法と概念は確かにネルーダに源を発している。一九七九年、私はネルーダの「マチュピチュ高地」（“Alturas de Macchu Picchu”）を訳して、詩の中の死と復活、抑圧と上昇などのテーマ、そして詩人は窮している者たちのスポークスマンにならなければいけないという考えは私の心のなかに深く入り込んだ。ネルーダはこの詩の中でまるで祈禱文のように、七十二の名詞句を書き連ねている。これに触発されて、私も翌年に鉱山災害を扱った長詩「最後の王木七」を書き、大胆にも三十六個の名詞句を書き連ねた。後に書いた「太魯閣（タロコ）　一九八九」では、「大量列挙」の手法で、四十八個のタイヤル族の地名を並べ、「島嶼飛行」という詩では、九十五個の異なった言語に由来する台湾の山名を列挙した。すべてネルーダの技法の変形であって、ただその源は『大地の家』の中の「スペインはどんな様子か」（“Como era Espana”）に由来するかもしれない。最初の四つのスタンザで、ネルーダはいかにスペインの頑強な土地と名もない民を愛しているかを述べ、終わりの六つのスタンザで一気に五十二個のスペインの町の名前を連ねている。私はネルーダのこの詩は訳していない。あるいは平面的に積み上げられているだけで成功した作品だと思わなかったからかもしれない。ネルーダの英語版訳者として知られているベン・ベリット（Ben Belitt）が訳した時には、前部の四段だけを採用し、私が印象深く感じていた後ろの六段の地名の部分をすべて省略していた。私は「太魯閣（タロコ）　一九八九」と「島嶼飛行」では、名詞群とその他の部分である種の弁証法的な関係を形成するように方法を講じてみた。読んでいくうちに、いろいろな民族が集まっている土地へ自身がアイデンティファイし回帰していく儀式のようになっている。ネルーダのこの種の列挙技法はおそらく、チリの大先輩の詩人ビセンテ・ウイドブロ（Vicente Huidobro、1893-1948）の影響を受けているかもしれない。ウイドブロは一九三一年に出版した六百余行のアヴァンギャルドエピック *Altazor* の第五詩（"Canto V"）で Molino（製粉所）で始まる名詞句を一九〇個（一九〇行）並べている。

私は『ラテンアメリカ現代詩選』でウイドブロの詩を五篇訳している。その中で「日本風」（"Nipona"）という作品は、矢印型の多角形で組版をしていて、全体で唯一の形象詩である。最初読んだ時、すこぶる興味をおぼえた。

4

私は日本語を読むがことができないが、日本語には漢字がかなり使われているし、私の父は日本語が読める。それで英訳と日本語の原文を見ながら、いくらかの日本の俳句、短歌を訳したことがある。しばらくしてから、類似の詩型で私自身も現代の生活を題に書いてみるようになった。私の『小宇宙ⅠⅡ——現代俳句二百首』は一五三首のピアノ曲を含んだバルトークの『小宇宙』に倣ったものだ。先輩たちの作品に擬してあるいは、典拠をとって作るのはもともと俳句の伝統の一部である。私の「現代俳句」のいくつかは古典俳句あるいはその他の芸術の経典に対しての敬意、ヴァリエーションであり、大先輩、友人あるいは自分の詩作を発展させてできたものなどである。換骨奪胎したり、あるいは全体の移植などに関わらず、詩の家庭の旅は孤独でさびしい宇宙の旅の中で最も具体的で暖かなリンクを形成している。「家庭の旅」は私の詩のタイトルで、詩集のタイトルでもある——ブラジルの詩人カルロス・ドゥルモンド・デ・アンドラーデ（Carlos Drummond de Andrade、1902-1987）の同名の詩からきていて、私の訳した『ラテンアメリカ現代詩選』に収められている。私の三行の詩は「日本風」というよりも、「台湾風」で、「台湾中文」といった趣を呈している。中国的で台湾的で古典的で現代的で、ちょうど台湾というこの島のようである。地理的歴史的に絶えず四方からのあらゆる要素をとりいれているのがこの島だ。私が訳したり作ったりした詩句をこころみにいくつか挙げよう。

菊を採る東籬の下、悠然として南山を見る　（陶淵明、365-427）
悠然として南山を見る蛙かな　（小林一茶、1763-1827）
釣鐘にとまりて眠る胡てふ哉（「題苑集」）　（与謝蕪村、1716-1784）
釣鐘にとまりて光る蛍かな　（正岡子規、1867-1902）
夕陽に馬洗ひけり秋の海　（正岡子規）
男はふたつのビルの間から／抜けてきた月光で／リモコンを洗った　（陳黎、小宇宙Ⅰ―1）
待っている　渇望しているんだ　君に――／夜のからっぽの碗のなかで／サイコロが七番を出そうとしている　（小宇宙Ⅰ―14）
空っぽのお碗にサイコロひとつ／第七面が出て／神よ、あなたはいらっしゃるのだ　（小宇宙Ⅱ―25）
雲霧の子供の九九――／山掛ける山は樹木、山掛ける樹木は／私、山掛ける私は虚無……　（小宇宙Ⅰ―51）
婚姻物語――ひとさおのタンス分の寂寞に／ひとさおのタンス分の寂寞を足すと／ひとさおのタンス分の寂寞になった　（小宇宙Ⅰ―97）

ちょうど、一茶の蛙が異化作業を行い、中国古代の詩人陶淵明のまなざしを新しくしたように、私は「リモコン」で翻訳して子規の孤寂清麗な生命の風景を新たに変えてみた。同様に「釣鐘にとまりて」という子規の蛍は輝く光で蕪村の熟睡する胡蝶の静寂さに動きをあたえたが、私の詩でも同様にサイコロが、異なった時空で異なったイマジネーションを創出し、神あるいは神による奇跡のあいまいなパラドックス、人間の焦りや弱さを証明している。最後の二首は「擬似数学」で書いた詩で、現代の台湾詩がありふれた日常の中から新奇なものを生み出している一例である。

5

一九七六年に私は「雪の上の足跡」という詩を書いたが、タイトルはフランスのドビュッシーのピアノ曲「プレリュード」の第一巻六番である。ドビュッシーの作品を詩で翻訳しようという企みである。「冷え込むので眠らないとだめだ／深い深い／眠り　やわらかな／白鳥の気持ちがほしい／そっと雪に残された／ぞんざいな文字／しかも白いインク／心が冷え込み／ぞんざいに書きこまれた／白い雪」。何人かの作曲家がこの詩を歌曲にして、音楽に再度翻訳された。一九九五年にふたたび、「雪の上の足跡」を書いた。前作の翻訳とでもいうべきものだ。しかし、ただ「%」「・」などの記号だけで書いた。

%

%

%

%

・

・

・

『小宇宙』のなかにもよく似た「自己翻訳」が入っている。

君の声が僕の部屋に
こもって沈黙を切り裂き
寒暖で話す電球となる

（小宇宙Ⅱ—47）

……
。
，

（小宇宙Ⅱ—48）

後ろの一首は前の一首の翻訳あるいは、形象化させたもので、中国語の句点「。」はあきらかに静寂のなかで声を発する、あるいは静寂さで声を出す電球である。

創作は翻訳であろうか、異なるコトバの旅だろうか。あるいは、すべての創作者の創るものは同じもので、何度も繰り返し書かれる純粋な空白、豊満な空虚であろうか。私は最近「白」という詩を書いた。前半の数行は「白」と「日」というふたつの字だけでかき、残りは記号で書いた。書き終わってから私の好きなアメリカの画家マーク・ロスコ（Mark Rothko、1903-1970）を思い出した。

白白白白白白白白白白白白白白白白白白白白白
白白白白白白白白白白白白白白白白白白白白白
白白白白白白白白白白白白白白白白白白白白白
白白白白白白白白白白白白白白白白白白白白白
白白白白白白白白白白白白白白白白白白白白白
白白白白白白白白白白白白白白白白白白白白白
日日日日日日日日日日日日日日日日日日日日日
日日日日日日日日日日日日日日日日日日日日日
日日日日日日日日日日日日日日日日日日日日日
日日日日日日日日日日日日日日日日日日日日日
日日日日日日日日日日日日日日日日日日日日日
日日日日日日日日日日日日日日日日日日日日日
凵凵凵凵凵凵凵凵凵凵凵凵凵凵凵凵凵凵凵凵凵
凵凵凵凵凵凵凵凵凵凵凵凵凵凵凵凵凵凵凵凵凵
凵凵凵凵凵凵凵凵凵凵凵凵凵凵凵凵凵凵凵凵凵
凵凵凵凵凵凵凵凵凵凵凵凵凵凵凵凵凵凵凵凵凵
凵凵凵凵凵凵凵凵凵凵凵凵凵凵凵凵凵凵凵凵凵
一一一一一一一一一一一一一一一一一一一一一
一一一一一一一一一一一一一一一一一一一一一
一一一一一一一一一一一一一一一一一一一一一
一一一一一一一一一一一一一一一一一一一一一
………………………………………………………………
………………………………………………………………
………………………………………………………………
………………………………………………………………
………………………………………………………………
………………………………………………………………

白白白白白白目目目目目目凵凵凵凵凵一一一一
白白白白白白目目目目目目凵凵凵凵凵一一一一
白白白白白白目目目目目目凵凵凵凵凵一一一一

....
....
....
....
....
......

訳者解説

春の祝祭——陳黎詩考

上田哲二

Ⅰ　はじめに

台湾の詩人はよくしゃべる。

座談会や講演会に行くと延々と途切れることなく話し続ける詩人が多い。ひとり舞台である。言葉が弾丸のように演壇の上から観客に向かって投げつけられる。最初はぼそぼそと話していた人が、興に乗るうちに、しだいに興奮して声が高くなり大演説会の様子を呈してくる。とにかく誰もが見たところ元気である。詩を書いて食べているという人はほとんどいないので、出版社を経営したり大学の教員やら、新聞の文芸欄の編集者などとして、日々動いていく台湾の現実のなかで葛藤を続けて詩作活動をしている。陳黎氏もよくしゃべる。こちらがだまっていても、三時間ぐらいはひとりでしゃべらせることができる。筆者が彼に出会ったのは、二〇〇七年の秋である。花蓮で毎年おこなわれるようになった「太平洋詩歌祭」という詩歌フェスティヴァルに招かれ、その統括責任者としての彼に初めて会うことができた。当時彼は長らく勤めていた花崗国民中学を退職して、自由に文筆活動に専念し新しい生活をはじめたばかりだった。三日間のフェスティヴァルでは司会をしたり、スタッフへの指示など四六時中携帯電話を手放さず急がしそうに動き、詩人というよりも工事現場の監督のような印象が残っている。またどこへ行くにも、Tシャツにビーチサンダルという姿が有名で、同じ格好で台北の国家音楽院に友人と連れ立って入ろうとしたらさすがにトラブルになったという逸話がある。私自身、台北のグランドハイアットホテルの和食レストランに本人と食事に行ったことがあるが、やはり彼は裸足にサンダル履きであった。

台湾にきた最初の二年間、筆者は台北の研究所に所属していて、秋から冬の台北の重苦しい空の下で、論文の発表などに追われていた。荒っぽい運転のタクシーの群れと雲霞の如く道路を埋める神風スクーター、乗りたければ道路の真ん中まで出てゆき手を挙げないと止まらない市内バス。自宅のアパートを出ると、アスファルトの路上に吐き捨てられた檳榔の真っ赤な跡が広がり、野良犬がここかしこにうろつき、日焼けした老婆が廃品回収をしていた。ネオン灯のついたはでなガラス張りの檳榔売りの店では、ミニスカートの女がうつむいて檳榔の実と石灰をキンマの葉に握りずしのようにして丁寧に包んでいた。近代化された超高層ビルが目立つ都市の裏にアジアのどこにでも存在する日常の風景があった。しかし台北から汽車で二時間ほど東海岸を南へ移動すると、まったく異なった東部台湾の大自然が広がっていた。その海岸に位置する小都市花蓮への旅は筆者にとってはいろいろな意味で衝撃的な体験となり、結局この地にしばらく住むことになった。

さて、陳黎の詩である。台湾詩の研究は台湾という社会状況や使用言語（日本語、中国語、台湾語、客家語等）の歴史的特性から見たマクロ的な視点、詩人陳黎におけるレトリック、語彙使用の特徴を詳細に分析する注釈的研究、外部テキストとしての詩人の内的意識の発展過程の分析などがバランスよく行われていかなければならないし、でなければ一人の詩人とその作品の内実が理解されないであろう。では彼の作品にどのような仕掛けが隠されているのだろうか。詩人の余光中は「陳黎は西洋の詩の芸術を使って、台湾という主題を処理することに大変秀でていて、英米のことだけでなく、ラテンアメリカのことにもくわしく、今日の彼は粗さのなかに細やかさがあり、逞しさとともに柔らかさを兼ね備えた風格を得ている」と形容し、「陳黎は長詩のなかで対比的配列や列挙を好み、ホイットマン式の気勢をもっている」(1)と述べている。八〇年代以降、学術界で話題になってきた記号、文化人類学、言語学、脱中心、仮想文化、サブカルチャー、上位下位の文化システムの交流、あるいはその境界の消失、その他構造主義から発展してきた用語で文学テキストを形容することが行われてきたが、人間の文化運動の本質を考えていった場合、以上のような流れが文学研究の上でどの程度、あるいはどのように効用、利用価値があったかは、まだ結論が出ていない。ただ、ひとりの詩人の紡ぎだす詩性の連続性、そこに内在する原理をみつけることは研究者の重要な任務である。陳黎の詩を形容するにあたって、もともと建築様式から生まれたモダニズムという用語、あるいは八〇年代に盛んに使われた派生語のポストモダニズムという用語が台湾の批評家の文章で用いられることが多い。しかしそれがどの程度妥当性があるのか、私には確信がない。伝統的なスタイルを現在に復活させ、現代の様式の中に埋め込むのがモダニズムであるとするなら、更にポストモダンは多元的多様さ、相対主義、脱中心的というような用語でその作品内世界のひろがり、解釈の多様性、技巧の変遷を捉えようとする考えである。しかし、ひとりの詩人の営為は既成の形容詞ではとらえきれない多様な可能性をも含んでいる。陳黎詩における多様性は、著者の深層意識のなかに潜む統一された発展法則を元に、展開されているとも考えられ、その多元性の中に潜む統一原理をみつけることも、研究者に課せられた仕事でもある。つまり多様性の中に、一貫した原理、作者個人の調和的心理構造があるはずである。

2 陳黎詩における演示性

陳黎詩に向かうときの読者には、あらゆる自由な解釈、反発、想像、インスピレーションがもちろん許されている。文学という創造作業は一人の書き手とそれぞれの無数の読み手の間に新しいひとつの高次元の空間、トポスが構成され生まれていく。

島嶼飛行

彼らが口をそろえて私を呼ぶ声が聞こえる
「珂珂尓宝、早く降りてきなさい
遅れますよ！」
立っている者や、座っている者、蹲っている者
もう少しで出そうな名前が出てこない
幼い友人達

彼らが集まって
私のカメラのファインダーの中に集まっている
一枚の小型の地図のように――
馬比杉山　卡那崗山　基寧堡山

西基南山　塔烏賽山　比林山
羅篤浮山　蘇華沙魯山　鍛錬山
西拉克山　哇赫魯山　錐麓山
魯翁山　可巴洋山　托莫湾山
黒岩山　卡拉宝山　科蘭山
托宝閣山　巴托魯山　三巴拉崗山
巴都蘭山　七脚川山　加礼宛山
巴沙湾山　可楽派西山　鹽寮坑山
牡丹山　原茎脳山　米桟山
馬里山　初見山　蕃薯寮坑山
楽嘉山　大観山　加路蘭山
王武塔山　森阪山　加里洞山
那実答山　馬錫山　馬亜須山
馬猴宛山　加籠籠山　馬拉羅翁山
阿巴拉山　抜子山　丁子漏山
阿尉那来山　八里湾山　姑律山
與実骨丹山　打落馬山　猫公山
内嶺尓山　打馬燕山　大磯山
烈克泥山　沙武巒山　苓子済山
食祿間山　崙布山　馬太林山

卡西巴南山　巴里香山　麻汝蘭山
馬西山　馬富蘭山　猛子蘭山
太魯那斯山　那那徳克山　大魯木山
美亜珊山　伊波克山　阿波蘭山
埃西拉山　打訓山　魯崙山
賽珂山　　　　大里仙山
巴蘭沙克山　班甲山　那母岸山
包沙克山　荖荖園山　馬加祿山
石壁山　依蘇剛山　成広澳山
无楽散山　沙沙美山　馬里旺山
網綢山　丹那山　亀鑑山

この作品には台湾の歴史と文化空間が挿入され、山名が列挙され固有名詞があらわれる。陳黎詩にしばしば見られる、人物、風景、擬人化された事物、各種の形象、連想語彙で、回想、随想、賞賛、非難される空間はいわゆる演示的弁論（epideictic oratory）と考えるとそこに広がる祝祭空間の適合性が理解しやすい。それは修辞技術として、古来より洋を問わず用いられてきた技術である。読者を神との対話へ導き、感性を解放させ、想像と現実の空間を自由に行き来させるレトリックである。日本の『枕草子』でもその中心的レトリックとして、「物尽くし」というエニュメレーション（enumeration）を用い、連想と列挙の豊かな効果によって、あらゆる素材を自由に、随想、回想、類想として、表出している。

山は　小倉山。鹿背山。三笠山。このくれ山。いりたちの山。わすれずの山。末の松山。かたさり山こそ、いかならんとをかしけれ。いつはた山。かへる山。のち瀬の山。あさくら山、よそに見るぞをかしき。おほひれ山もをかし。臨時の祭の舞人などのおもひ出らるるなるべし。三輪の山をかし。手向け山。まちかね山。たまさか山。耳なし山。

（第十一段）

あるいは

橋は、あさむづの橋。長柄の橋。あまびこの橋。浜名の橋。一つ橋。うたたねの橋。佐野の船橋。堀江の橋。かささぎの橋。山すげの橋。をつの浮橋。一すぢわたしたる棚橋、心せばけれど、名を聞くにをかしき也。

（第六十二段）[2]

日本の古典文学における列挙は、二十世紀の終わりに台湾で書かれた現代詩にもつながっていることがわかる。『枕草子』では最初に客観的に誰もが受け入れられる列挙があり、やがてそれが主観的な、趣味的なもののリストに変化していくリストが多い。陳黎の列挙は読者が受け入れるか受け入れないかにかかわらず大量にとにかくその時点で自らが重要だと思うテーマをもとに列挙していく。古来、列挙のレトリックは恋愛の詩でも用いられている。早期のエニュメレイションのパワフルな例として、たとえば源順（みなもとのしたごう、911–983）の次のような歌がよく知られている。

をとゝしもこそもことしもをとゝひも昨日もけふも我こふる君[3]

ここにはずっと相手に恋焦がれる気持ちが単純な列挙で表現されていて、古代の人でありながら、現在の読者にも訴える強い気迫が感じられるものである。このように詩におけるレトリックは読者を誘導していくひとつの道具であり、古来より洋の東西を問わず発達してきた。非現実的虚構世界である詩芸術のなかにいかにして読者を引きずりこみ、読者に襲い掛かり、驚かせながら、更に新しい感性の解放を求めて詩人は想を練っている。あたかもそれは薬物によって中枢神経を弛緩させ、あるいは興奮させて脳機能の限界を突破させるような反応が期待されている。それによって作者の魔術的、美的世界が認められていく。ただし一篇の詩に感動し、詩の美観を知覚するにあたっては、詩的テキストとの対話における読者の許容範囲、その柔軟性によって程度が異なってくるだろう。そこで読者の許容範囲を広げるために、レトリックの仕組みを組み込んで助けを借らざるを得ない。

陳黎は自らの列挙についてこのように考えている。

「太魯閣(タロコ)　一九八九」の第四部で私が求める二十のイメージ、そしてタロコ地区の古い地名、四十八個を列挙し台湾のルーツを探し、この島に住んでいることの秘密をさぐってみた。

私は霧深き黎明を探している
私はその渓谷の上を飛んだ最初の黒尾長雉を探している
私は隙間のなかで互いに伺っているインディゴとトウダイグサを探している

私は海と旭日を高く称賛している最初の舌を探している
私はムササビを追いかけている落日の赤いひざ小僧を探している
私は温度によって色を変える樹木のカレンダーを探している
私は風の部落を探している
私は火の祭典を探している
私は弓とともに共鳴するイノシシの足音を探している
私は洪水を枕に寝ている夢の竹小屋を探している
私は建築技術を探している
私は航海術を探している
私は喪服をきて泣いている星を探している
私は血の夜と渓谷を鉤のように引っ掛けている山の月を探している
私はケーブルで縛り千丈の崖から垂れ下がって山とともに破裂する指を探している
私は壁を突き抜ける光を探している
私は船首に衝突した頭部を探している
私は異郷に埋められた心を探している
私は吊橋を探している　靴紐のない歌かもしれない
私は反響する洞穴を探している　豊富な意味をもった母音と子音の一群

陳黎によると、この段のあとにタイヤル族の言葉による地名を列挙していったが、最初は無意味な音の羅列に過ぎなかったが、それぞれに意味があることがわかると、そこに後の政治的に強制された道徳的な名前と異なる、さまざまな命の営みが感じられるようになったと述べている。[4]

陳黎の詩や日本の『枕草子』に見られる「物尽くし」、エニュメラティオとしての演示技術はローマ、ギリシャ、あるいは中国の漢賦の伝統にも繋がっている。司馬相如の「上林賦」、揚雄の「羽猟賦」、班固の「両都賦」、張衡の「二京賦」などにおけるありとあらゆる古代中国の都市、皇室御料地の植物、動物、事物の列挙群はアジア的物尽くしの原点といってもよいぐらいだ。これらは公の祝祭における演示、つまりepideixisであり、西洋での演示弁論はオリンピックなどにおけるセレモニーとして使われたレトリック技術である。アリストテレスは弁論を法廷で弁論する「法廷弁論」、将来の政策や助言について議会でおこなう「議会弁論」、特別な機会に神、都市、自然物について話す「演示弁論」(epideictic style oratory) の三種類に分けている。[5]演示弁論はもともと人の徳を賞賛して不徳を非難するものだが、ギリシャ人が弁論によって発達させた説得技術、物を並べたてるという技術がポストモダン詩人といわれる陳黎作品に頻出するのは、考えてみれば古典を現代によみがえらせるモダニズムの本来の姿を保持しているともいえるのである。マタイ伝の冒頭[6]などを見ても、声に出されて聞かされたときにおそらく、人間の原初の心を揺り動かす力をもっていたにちがいない。

このように大量に物を並べて列挙するレトリック[7]、列挙法は現代社会においても文化を越えて見られるものである。テレビコマーシャルでは商品の名前、会社名が連呼され、それを何度も聞くうちに親しみ愛着を感じるという心理機能、これは我々人間に生得的に存在するのであろうと推測される。これがエニュメラティオ文学が洋を問わず、時代を問わず、復活する根拠であろう。

このように列挙することで生まれる力、娯楽性はある一つの人間の普遍的な心理効能を利用しているのである。つまりこれは我々読者が著者、あるいは儀式執行者との共同体トポスの中で、あるいは虚構世界のなかでひとつの了解を元に、築き上げられる想像による遊戯空間である。読者のほうで行われる「詩を読む」という行為——ここでは研究者や批評家が職業的な必要上から読む行為を除くのだが——、あるいは詩テキストとの交流を通して読者が抽象化作用を働かせていく行為は、究極において感性の解放と新しい文学空間を体験することでひろがる意識の高揚感を得たいという欲求に支えられている。作者／詩人の側からいえば、詩テキストはあくまでフィクションであり、日常ではありえない世界でありながらそこに仮想リアリティを構築させる仕掛け、レトリックが必要である。その現実と想像の間の際を忘れさせ、仮想現実の中に読者を引きずりこみ、至高体験を呼び起こす力量が問われると同時に、読み手により高い感性の主体的な解放への扉、より高次元への意識改革を可能とさせる技術が必要である。陳黎詩の代表作と呼ばれるもののなかに、最も特徴的に見られるそのような仕掛けが enumeration を駆使した演示的レトリックである。

陳黎が構築する詩的幻想は時間、空間を飛翔して多層的に繰り広げられ、それに接する読者はそのレトリックとリズムにはまり込み、テキスト内の仮想現実の中に吸い込まれていく。その言葉の魔術にある暗示力、催眠機能とでも呼ぶべきもの、そしてこの演示性によって虚構世界がアクチュアリティをもって迫ってくるのである。それは読み手の意識の日常世界と幻想世界の間の際をなくす技術とでもよぶべきものであり、あたかも夢の中に出てくる亡くなった家族や友人、伴侶の姿のようなものである。死者であることを意識しながら、彼らと対話ができるという不可思議な夢体験の世界は、人間の心的構造が多層的に、入れ子構造の世界を許容しうる能力を持っていることを証明している。我々の心的世界のなかでは時間の流れとともにこれらの多層的な時間を超越した声が現れ、交わり対立し個人の歴史が作られていく。

3 神話の中の列挙、死と再生

では現代の陳黎詩ではどのような意図が込められているのであろうか。

詩は読者に挑戦し、自己変革をうながすようなものが望ましいとするならば、陳黎の詩は演示的レトリックで読者を引き付け、非日常的、倒錯的な思考で急襲していく。ここで、もういちど古代の弁論技術を思い出そう。弁論において特徴的な技術であるのは、冷静なロゴス――詳細な記録、資料――を引用して理によって納得させ、さらに相手のパトスを動かし、感情に働きかけ相手を動かすというものである。論理的であると同時に主観的に相手を動かすためのレトリックが使われる。陳黎が言葉の魔術師として使う演示的レトリックはあくまでも手段として、読者を説得していく装置であり、それはテキスト内で活性化されて、読むほどにアクチュアリティが増加してゆく。なぜならばそれは人間の心理をつかむ古来からの確実な人心把握法であり、演説、弁論で活用されてきた技術であるからである。我々が陳黎の詩を読むことで、時にくらくらした日常味わうことのない原初的な魂の光輝が感じられるのは、言葉を失うような刺激、つまり虚構世界のなかにあるアクチュアリティの秀逸さがあるのである。たとえば日本の伝統的な舞台芸術である能における能面の無表情が、角度によって、さまざまな感情を表現するように、さまざまな喜怒哀楽が伝わってくるのは、そこにひとつの虚構性を読者が共有できるからである。つまり観客と演者の間の共同作業によって作られる虚構世界の存在がある。したがって読者はそれぞれの目的なり興味を持ってテキストに対峙すればよい。一人の詩人が提出する世界にどれだけの真実があるかはそれぞれの読み手に応じてさまざまな回答がある。台湾の歴史はそれぞれの族群の人びとにとって多種多様なものであり、陳黎の作品、「太魯閣　一九八九」が意味することについては読者との共同作業を通して、ひとつひとつのアクチュアリティ、歴史意識がそれぞれの読者の内的世界のなかで築き上げられていく。虚構の詩テキストは実際の現実と、密接な関連を保持しているのであり、暗喩をはじめとして、現実にありえない荒唐無稽な想像空間にあっても、その中に事実を含ませて読者に示すことが作品の演示性として機能していく。虚構テキストと現実との間の差異は読者、観客によって埋められていく。陳黎の文学にみられる祝祭性、両義性、猥雑な言葉、価値倒錯の世界、パロディー、これらの強い祝祭感覚、カーニバル性、笑いによって聖なるものを俗化する手法、聖と俗の交わり、死と再生といったテーマはさまざまな価値観が変化している二十一世紀初頭の現代において、受け入れられやすいものである。猥雑であり、都会的で、知的で、同時に洗練されている内容。今のようにさまざまな価値観が変化している時代において、このような風刺文学は受け入れられやすいものである。異常な状況が設定され、作法に拘らず、モダニズムでも自然主義でもなく、しかも同時に思想的、哲学的な思惟が深層に含まれていて、多種多様な解釈を許す内容は新鮮に感じられる。時代の転換期では、実験的な手法を駆使して、それまでのカノンの価値システムから逸脱した精神が歓迎されるのである。

4　虚構のなかの真実

陳黎詩における創作姿勢には矛盾したものが雑居し、交錯したイメージが乱舞する世界が現出する。

彼女の筆箱の中に私は舌の一部を入れておいた。すると彼女がそれを開けて新しい恋人に手紙を書くたびに私がぶつぶつ言うのを聞く。ちょうどぞんざいな一連の字が、読点と読点の間で新しく削られた鉛筆の動きとともに、カサカサと音を立てるようにだ。すると彼女は手を止めるが、私の声だとは知らない。私は最後に会ってから一度も彼女の耳元に話しかけていないので、彼女は私がずっと沈黙しているのだと考える。もう一行彼女が書くと、筆画の多い「愛」という字が少し乱れているのに気づく。そして私の舌を消しゴムと間違えて取り出し、紙の上に強くこすりつける。愛の字が消えた後には血がべっとりとついている。

ここでは、「切り取られた舌」が筆箱の中に入っているという不気味な超現実的絵画的イメージが使用される。「彼女がそれを開けて新しい恋人に手紙を書くたびに私がぶつぶつ言うのを聞く」のである。ではこの現実にはありえない設定がどのような機能をもっているのであろうか。陳黎の詩や散文におけるペルソナが作者とどのように関連するのか、どこまでが現実で、どこまでが虚構であるのかというのは必ずしもわからない。陳黎の散文では家族の話が出たりするが、どこまでが真実であるかは不明である。しかしそれは問題ではなく、むしろそこにある虚構世界にあるリアリティに内実があるかどうかがが重要なのである。虚構の中に真実を表出する力、現実と虚構の間を飛び越えるレトリックの完成度、そこから生まれる思想性が問われるのである。

陳黎自身が自分自身の雑種性について書いている。花蓮という地はいろんな族群が入っている。彼の父は閩南人で、母は客家で、妻の父は外省系客家、家庭が雑種性を帯びている。あるいはまた、学校のクラスには原住民がいて、彼らの影響も受けていた。国民党の戒厳令下では台湾を一元化しようとしたけれども、陳黎が書くように社会の低層では、さまざまな命の交流がすすんでいた。その意味で、戒厳令が終ってから台湾のあらゆる生命力が出てきた、という。[8] あるいは自らの作品、「太魯閣（タロコ）　一九八九」について、「歴史の声というのは、多元的である、異なった族群、異なった民衆からくるものであり、人々の声はにぎやかになっている。このにぎやかな、土地の声を取り戻しだした」[9] と書いている。戒厳令の解除という歴史の転形期に彼が「声」をとりもどした、と書いているのは、彼の文学の本質をよく表出している。現在は陳黎と「クレヨンしんちゃん」を比較検討することも可能な時代である。あえて、ここでは行わないし、そのような能力もないのだが、ポストモダンの流行以降そのようなことも可能になった。テキストの快楽は読者、私たち自身が主体性を持って、形成する読書活動といってもよい。人間の原初の本質に読者を導くのが、言語芸術の可能性である。その意味で人間の共同体における本源的な生の泉を時代の変転期に開拓しようとしているのが陳黎の詩性ともいえる。

逝く者は斯くの如きか　昼夜を舎かず
紅毛のスペイン人が峡谷に来て、砂金を採るのを君は許した
紅毛のオランダ人が峡谷に来て、砂金を採るのを君は許した
満洲人に追い払われて渡海してきた中国人がその渓谷で砂金を採るのを君は許した
満洲人を追い払った日本人がその渓谷で砂金を採るのも許した

君の渓谷に至り砦を築き大砲を据えて、人を殺めた

君の山腹に至り砦を築き大砲を据えて、人を殺めた
君の渓流に至り砦を築き大砲を据えて、人を殺めた

君はやってきた漢人が刀をふりあげてこういうのを聞いた――
「降参しろ　太魯閣蕃！」
君はやってきた日本人が銃を向けてこういうのを聞いた――
「降参しろ　太魯閣蕃！」
君は紋身の彼らが次第に深山から山麓へ
山麓から平原に移っていくのを見た
君は彼らが徐々に自分達の家を離れ
押し黙っていくのを見た

（「太魯閣（タロコ）　一九八九」）

現在の二十一世紀における相対的価値と多元的価値が重視される社会では、我々は言語テキストに対する時、規範や規定の条件などはすでに失われている。つまりそれぞれの読者が詩との出会いで作り上げるそれぞれの美的世界、感動体験のプロセスを明確にしていかなければならない。「太魯閣（タロコ）　一九八九」では、漢人や日本人やスペイン人が侵略者として表象され、一方で不朽の渓谷がじっと歴史を見つめている。マクロ的な視点では、二十一世紀にはいり、それまでわずかでも存在した伝統的規範意識の崩壊がもたらされた。現在の歴史的文化的共同体で必要とされるのは、自ら規範を設定し、主体性を持って作品テキストに向かう読者である。陳黎のテキストにおける祝祭意識、呪術的、魔術的世界は読者が主体的にその波長に合わせることができれば、新た

な感性の解放へと導いてくれるものである。聖と俗が入り混じったエロスの遊戯、文字の魔術性を駆使した実験性の高い作品、歴史空間を飛翔して時間を自由に移動する世界など、読者がそのテキストからの挑戦を受けるだけの余裕を持っていれば、未開拓の境地でテキストの快楽を得ることができる。その作品における列挙技術、演示性など無数の指示記号と文字の氾濫の迷路の向こうに、広大な荒野と沃土が広がっている。しかしそこに読み手が到達できるかどうかはあくまでその時、その場の位相、読み手の受容力によって異なってくるのである。マルチメディアの発達、音声画像方式の多様化、軽薄短小、情報の高密度化、集積化によって、活字テキスト——活字という物理的接触でインクを紙に押し付けて記録を残すアナログ方式すらも、もはや風前の灯として、一部の好事家の技術として、伝承される周縁的存在となった。書記テキストはあらゆる挑戦を受けている。書き手も読み手も解体するメディア機構もそれに従事する労働者も明確な主体意識と批評原理を模索している。人は論理のみで思考する動物ではないことで、文学芸術が古来より発展し比喩の虚偽、祝祭空間の万華鏡の中で、人々が自由な意識の解放を楽しむことができるようになった。詩人T・S・エリオットは「荒地」(waste land)によって、第一次大戦の荒廃を描き、台湾では外省系詩人の瘂弦が台湾の事物を入れないことで、現実の台湾を表現した。台湾を描かないことで、台湾を代表する詩人となった。そこには、擬似的、修辞的技術によって作り出された虚構テキストから生まれる思想が存在する。陳黎の「太魯閣(タロコ)　一九八九」においては断片的な歴史のイメージを列挙して、古来から続く、列挙のエニュメラティオ文学を再現した。強烈なイメージの乱舞を読者の前に繰り広げ、それは確かに八〇年代以降の台湾の族群の多様性を表現して、同時にタロコの長い通時的な複雑な流れを俯瞰している。その点で時代の文化状況を反映して、壮大な想像空間を構築してみせたのである。

規範意識を破壊して、相対化するという意味では陳黎は美と醜、聖と俗の境界を越えていくポストモダン詩人ではある。

フォルモサ　一六六一

神のお陰で、血と尿と大便はこの土地
に混ざっているが、私はずっと牛皮
の上に住んでいるのだと思っている
十五匹の布で牛皮大の地を交換？
現地人は知らなかったのだろうか。牛皮を
細長く切れば、あらゆるところに存在する神の霊
のように大員島全体、フォルモサ全体を囲うこと
ができるのを。私は鹿肉の味が好きだ

パトスとロゴスという演示技術で読者に説得性をもった詩を提供するには、古来より続く冷めた文芸芸術の技術、魔術の助けが必要である。十七世紀オランダ統治時代の台湾を回顧してかかれた「フォルモサ　一六六一」は官能と性欲のイメージをからませて、いわゆるポストモダン的趣の作品として紹介されることが多い。ポストモダンの特徴である多元的価値規範、相対主義的な要素、あるいはニヒリズム的な影を持った価値判断の停止、欠如、大量消費社会における物に対しての執着心の失落というような要素と絡ませると、確かに陳黎作品はポストモダン的ではあ

るが、架空の街である「ボードレール街」（波特萊爾街）や架空の島「タラスブールバ島」（塔拉斯布爾巴島）を設定したり、実験的であり幻想的であり俗悪なもの、卑俗的な中にある生活の真実を見ようとする姿勢、パロディや皮肉への系統は、変動期にそれまでのカノンが怪しくなった時代に現れる風刺パロディ文学に近い。

芭蕉には俳句をまかせ、奥の細道へ
向かって頂く。僕の芭蕉（バナナ）は
君の奥の細道の事を書くことにした⑩

小指に傷があって鼻をほじくれない
今夜の星の光は暗い鼻孔にある
鼻くそのようで落ちそうにない⑪

たとえば、このような作品にはポストモダンというよりも、江戸の文化文政期の爛熟期におけるパロディ文学を思い浮かばせるものである。滝沢馬琴や式亭三馬、山東京伝、写楽など、町人芸術が極に達して、まさに時代の転換期を前に爛熟の極に達した化政期の文芸を彷彿させる。現代社会では大量消費の都市型資本主義社会の爛熟で娯楽の多様化、情報の高速化、規範的価値意識の崩壊がもたらされた。多元的相対主義という文化規範が形成され、源氏物語は漫画で読まれるようになり、明治の文豪よりも、宮崎駿のほうが著名である。ポップカルチャーと純文芸 belles-lettres の区別は崩壊していった。このような中で、陳黎詩を読むには、読者が個別の主体意識をもち、自分たち自身でそれぞれの〈陳黎〉を創造すべきである。詩における至高体験とは読み手の視角、語彙、リズムで生み出される相対的経験であり、その経験に読み手が没入し、我を忘れる至高体験を経験することであり、これはテキストにおける虚構世界を実存的に経験することであり、詩に向かうということは自分自身の存在を認識することである。逆にいうと詩における作者の主体性とは、その意味で、日常の現実と、作品内テキストにおける世界との差異をいかに解消して、読者を引き込んでいるか、作品内のレトリックがいかに自然に虚構世界に組み込まれるかが必要である。陳黎詩に対したときに、読者はそのテキスト内の世界で何が意味されているということを追求するよりも、我々読者がそのテキストを前に、どういう主体意識を築いていけるのか、そのテキストと交感することで、我々の中に何が生まれるのかに重点を置くべきであろう。陳黎の作品を解釈する上で、あるいは逆にそこに何が書かれていないか、何が排除されているのかを意識しながら、読者とテキストの間のトポスを個々の読者が築きあげることが期待される。

5 おわりに――祝祭空間としての列挙

このように社会規範の妥当性が刻々と変化する時代において、詩人は読者を挑発して対時し、さらに挑発を促すための歴史感覚が必要である。陳黎詩は虚構空間の中におけるアクチュアリティを築きあげるために、時に「太魯閣(タロコ)　一九八九」や、「フォルモサ　一六六一」などの長編詩で非個人的、俯瞰的な位置から自らの土地を描いてきた。つまり自身の歴史化 historicization あるいは depersonalization が強く意識された作品が彼の代表作に多く見受けられる。歴史化とは過去の人間の行為、物事をひとつの枠組みで、再構成して、物語を構成するということである。彼の俯瞰的な「物語」は虚構を含みながらも読者と対峙して再解釈されて、読書空間のなかで歴史化されていく。読者である我々は歴史的文化的文脈のなかで、共同の美的空間、文化トポスを形成していくことができる。あるいはまた、もしもそのテキストに語られないことがあれば、強い苛立ちを持つ。語られないことに対する想像の余地も残すことができる。人間は長く、かつ短い人生のどこかで、常に母なる場所を探している。他者と交流する空間、時間を探している。それは故郷であり、母であり、祖国であり、祖先であり、それはわれわれのアイデンティティを希求する根源的な人間の欲求でもある。あるいはそれは共同の歴史記憶の構築へとも向かう。自らのアイデンティティを確立する深い欲求が常に存在する。自分がどこへ行こうとしているのかを知ろうとする欲求、したがって、共同の記憶、自分のものと認識できる個人的記憶と共同体としての歴史記憶を探りたいという根源的な欲求を持っている。民族の共同文化として我々はそれを子孫に残すことで、日常の行為の規範の元となる文化規範を残すことができる。人間の行為、思考、それによって形成される社会は非統一的であり体系的なものではない。詩の創作行為も統一的、体系的なものではないが、創作者の思惟の流れ、詩性の変遷は社会全体のメタテキストと連繫している部分も存在する。その意味で、陳黎詩の特に長編詩は二十一世紀初頭の台湾に必然的に現れたものであるといえよう。では「太魯閣（タロコ）　一九八九」の結びの段を見よう。

小雨の降る肌寒い春の一日、この地上でささやかに住んでいることの
隠れた意味を考えている
鐘の音が続き
群山の向こうに更なる群山
石段を登っていくと夕暮の光が傾いて近づく

山頂の禅寺の梵唱が
反復する波浪のようであり
君の広大な存在にも似ている
その低く続く朗唱は単純でありながら、なんと複雑なことだろう
微かなものも広大なものも包み込み
苦悩しているものも喜んでいるものも包み込み
奇異なものを包み込み
残欠したものを包み込み
孤立して寂しそうなものを包み込み
怨みを包み込み
そっと目を伏せた慈悲深い菩薩のように
君もまたそっと黙している観音さまだ

作者が実際にそこの階段を上っていったかどうかは重要でなく、その行為の必然性が虚構世界の中で蓋然性があるかどうかが重要であるのだ。そこの音なき音、声なき声を伝えることが詩人に課せられた仕事である。現実と虚構の間の差異は我々が考えるほど大きなものではなく、虚構世界の中における蓋然性こそがアクチュアリティのある読書体験を構成させていくための重要な鍵である。また、その際の代償、異化作用をどのように作者が処理していくかもその独自性の位相に依拠しているのである。「低く続く朗唱」が「微かなものも広大なもの」「苦悩しているもの」「喜んでいるもの」「奇異なもの」「残欠したもの」「孤立して寂しそうなもの」とあらゆるものを

包み込んでいる。あざやかに巧妙に「この地上でささやかに住んでいることの隠れた意味」が表象されていく。読者がそれを信じざるを得ないといった展開を持つ作品は、読者自身がその作品世界の時間に同化され、感性を解放する効能をもっている。作者のレトリックと虚構性で構成された詩とはわれわれ読者の抽象化活動によって芸術性を獲得していく。このようにして、詩の虚構性は我々読者による審美精神、感性の位相によってそれぞれの芸術的価値規範が形成されていく。

現在のように中心と周縁の差異の消失、規範性と統一性の崩壊という社会のなかで、頼るべき超越的な神、憧憬となる楽園はどこかに消えていった。そのなかで、陳黎詩はあらゆるものが分裂し、崩壊した〈荒地〉のなかで新たな再生に向かうための、転形期に現れた黎明であるかもしれない。尽きることなく、言葉の弾丸が読者に強襲をかけてくるのが陳黎詩の独特の魅力でもあり、その語られた言葉と読者の想像力との交流によって生まれるトポスが限りなく広がっていく。台湾原住民も、漢人もスペイン人も客家も、あらゆる読者がそれぞれ異なった想像空間を作ることができる。列挙という大量のエニュメレーションによって祝祭の空間を提供し、死と再生がくりかえされる陳黎詩の形容には春の訪れを祝うカーニヴァルのイメージがふさわしいだろう。

最後になるが本書は台湾の行政院文化建設委員会からの資金賛助を受けた。また刊行に際し、書林出版有限公司（台北）、著者の陳黎氏、思潮社編集部の亀岡大助氏、他多くの方面からお世話になった。ここに深く謝す次第である。

（1）余光中「歡迎陳黎復出」『在想像與現實間走索：陳黎作品評論集』（書林、1999）p. 91「他頗擅用西方的詩藝來處理台灣的主題、不但乞援於英美、更能取法於拉丁美洲、以成就他今日『粗中有細、獷而兼柔』的獨特風格。」「陳黎在長詩中好用排比與枚舉、有惠特曼的氣勢。」

（2）使用テキストは『枕草子』 日本古典文学全集18（小学館、1997）

（3）『源順集』『羣書類従』（和歌部、第5家集巻二百四十九）（大空社、1997）CD-ROM版

（4）前掲『在想像與現實間走索：陳黎作品評論集』p. 134

（5）アリストテレス『弁論術』戸塚七郎訳（岩波書店、1992）Artistoteles, *Ars Rhetorica* 1.9 第一巻第9章のいわゆる弁論の三種類、法廷弁論（ludiciale）、議会弁論（deliberativum 審議弁論）、演示弁論（demonstrativum 演説的弁論）。

（6）マタイ伝冒頭「アブラハムの子、ダビデの子、イエス・キリストの系図。アブラハム、イサクを生み、イサク、ヤコブを生み、ヤコブ、ユダとその兄弟らとを生み、ユダ、タマルによりてパレスとザラとを生み、パレス、エスロンを生み、エスロン、アラムを生み、アラム、アミナダブを生み、アミナダブ、ナアソンを生み、ナアソン、サルモンを生み、サルモン、ラハブによりてボアズを生み、ボアズ、ルツによりてオベデを生み、オベデ、エッサイを生み、エッサイ、ダビデ王を生めり。ダビデ、ウリヤの妻たりし女によりてソロモンを生み、ソロモン、レハベアムを生み、レハベアム、アビヤを生み、アビヤ、アサを生み、アサ、ヨサパテを生み、ヨサパテ、ヨラムを生み、ヨラム、ウジヤを生み、ウジヤ、ヨタムを生み、ヨタム、アハズを生み、アハズ、ヒゼキヤを生み、ヒゼキヤ、マナセを生み、マナセ、アモンを生み、アモン、ヨシヤを生み、ヨシヤ、バビロンに移さるる頃、ヨシヤ、エコニヤとその兄弟らとを生めり。バビロンに移されて後、エコニヤ、サラテルを生み、サラテル、ゾロバベルを生み、ゾロバベル、アビウデを生み、アビウデ、エリヤキムを生み、エリヤキム、アゾルを生み、アゾル、サドクを生み、サドク、アキムを生み、アキム、エリウデを生み、エリウデ、エレアザルを生み、エレアザル、マタンを生み、マタン、ヤコブを生み、ヤコブ、マリヤの夫ヨセフを生めり。此のマリヤよりキリストと称ふるイエス生れ給へり。」

（7）ここでは、いわゆるラテン語で dinumeratio あるいは enumeratio（英 enumeration）などにあたる語として

使う。

(8) 前揭『在想像與現實間走索：陳黎作品評論集』p. 131.「花蓮的特質、花蓮的偉大是來自於它對不同族群的包容，這種包容是不知不覺、默默地在生活中進行的。我們甚至無法選擇。譬如說我自己，我爸爸是說台灣話的閩南人，我媽媽是客家人，我妻子的爸爸是光復前後跟著國民黨部隊一起來台灣的 外省客家人。我女兒在出生之前，已經註定是個「雜種」。但我發現雜種，其實是強大有力的，它展現一種兼容並蓄的生命力。我可以說閩南話、可以聽客家話，可以從我的阿美族同學、同事，或泰雅族學生身上感染到我自己沒有的某些生命情境、文化質素。這種交融是不知不覺發生的。戒嚴時代，政府藉威權統治要讓台灣單 一化，可是在社會底層、在這塊土地上進行著的生命的交流，是無法被任何教條、口號、威權所阻礙的。一旦戒嚴的桎梏解開之後，整個台灣的生命力就迸出來了。」

(9) 前揭『在想像與現實間走索：陳黎作品評論集』p. 132

(10)「(60) 讓芭蕉寫他的俳句，走他的／奧之細道：我的芭蕉選擇／書寫你的奧之細道」『小宇宙Ⅱ』(二魚文化 2006)

(11)「(63) 小指頭破了個洞，不能挖鼻孔／今夜的星光，就像點點鼻屎／黏在暗暗的鼻孔，不肯掉下來」前揭『小宇宙Ⅱ』。

陳黎（チェン・リー）

台湾東海岸の小都市花蓮で一九五四年に生まれる。一九七六年に台湾師範大学英語系を卒業し、故郷の花蓮に戻り中学教師となる。近年は国立東華大学の創作コースなどで教え、花蓮で毎年行われる太平洋詩歌祭の運営責任者。七〇年代よりモダニズムに影響を受けて創作を始め、八〇年代には社会的政治的なテーマが濃厚な作品が多い。九〇年代からは主題もスタイルも多様化し、本土文化への関心とともに言語、様式の実験的な作品による新しい台湾意識の創出を試みている。これまで十冊以上の詩集を刊行。西洋からの「横の移植」を主張した紀弦（1913-）などの世代と比べると、陳黎の世代では西洋や東洋（日本）の両方の詩から学び、更に中国詩の遺産を活かして台湾文化の再定義を行っている。散文家、翻訳者としても知られ、多くの著書がある。妻、張芬齡との共訳でプラス、ヒーニー、ネルーダ、パス、ザックス、シンボルスカなどの詩を中国語に訳し『ラテンアメリカ現代詩選』、『世界情詩名作100首』など十五冊以上の訳書がある。

編訳者略歴

上田哲二（うえだ てつじ）

一九五四年大阪市生まれ。大阪大学博士（言語文化学）、米国ワシントン大学修士。台湾文学、日本近代詩歌専攻。台湾中央研究院中国文哲研究所博士後研究を経て、現在、慈済大学東方語文学系専任教員。著訳に『台湾モダニズム詩の光芒』（三恵社）、『遙望の歌――張錯詩集』、『カッコウアザミの歌――楊牧詩集』、『奇萊前書――ある台湾詩人の回想』（以上、思潮社）、『台灣四季――日據時期台灣短歌選』（共訳、二魚文化）、『台湾現代詩集』、『シリーズ台湾現代詩』（以上共訳、国書刊行会）等がある。

華麗島の辺縁　陳黎詩集

著者
陳　黎（チェン・リー）

編訳者
上田哲二（うえだてつじ）

発行者
小田久郎

発行所
株式会社　思潮社
〒一六二—〇八四二　東京都新宿区市谷砂土原町三—十五
電話〇三（三二六七）八一五三（営業）・八一四一（編集）
FAX〇三（三二六七）八一四二

印刷
三報社印刷

製本
誠製本

発行日
二〇一〇年二月十四日